GOBOOKS
& SITAK
GROUP©

GOBOOKS
& SITAK
GROUP©

三日月書版

三日月書版

輕世代
FW113

姐姐是地球英雄，弟弟我是侵略者幹部 2

甚音 著
兔姬 繪

三日月書版

擁有校花等級的美貌，但是與排名全校第一的弟弟相反，是個傻乎乎的可愛大姐，總是快快樂樂地活著。而外表看似嬌弱的姚子賓，任誰也無法將小鎮上的英雄——繁星騎警和她聯想到一起。

姚子賢，十七歲，有夢想。

平日裡給人沉默冷淡的印象，更身具全校第一名榮銜，十八般武藝樣樣精通，品學兼優的外表之下卻隱藏著無人知曉的秘密。當他穿起黑色披風，戴上可怕面具，此刻他搖身一變，化身為邪惡侵略組織最詭計多端的首席智囊——厄影參謀。

冷夜元帥

邪惡侵略組織「黑暗星雲」的核心人物，效力於大魔王陛下，統籌著整個組織的運作發展，是黑暗星雲中最認真盡責的模範幹部。

性格冷酷，一絲不苟，以強勢的作風率領著黑暗星雲，即使屢屢受挫於繁星騎警，依舊百折不撓。然而在歷經無數次的失敗後，即使堅毅如冷夜元帥，也逐漸感到焦躁起來。

路怡千

姚家姐弟的青梅竹馬。女大十八變，過去在姚子賢記憶中那小男孩似的鄰居，如今已長得亭亭玉立，更是一純高中女籃隊長，在學校裡擁有廣大的男女粉絲。

雖然性格直率爽朗、有話直說，然而女孩兒家總有些祕密心思，尤其近來當小千開始意識到「他」的存在之後，更是難以把持住自己了。

姐姐是地球英雄，弟弟我是侵略者幹部

目錄

PRODUCTION

姐姐是地球英雄，弟弟我是侵略者幹部

小鎮英雄麗質天生

01

「嗶——您的留言將進入語音信箱，嘟聲後開始計費——」

「喂？媽媽，我是姚子賢，我們考完試了，但是今天有打工……晚餐我會和姐姐在外面吃飯，祝您下班愉快。」

我壓低聲音迅速留言，掛斷電話、再次確認四下無人之後，起身回到在這間樓房的屋頂。

「你講完電話了嗎，厄影參謀學長？」

「抱歉，讓你久等了，幻象隊長。」

「哼！也沒有等多久啦……」

幻象隊長頗為煩躁地朝著下方望去，心情看起來顯然不悅，從剛剛開始他一直就是這個樣子。

「你是怎麼了，幻象，難道是會熱嗎？」

雖然時序進入深秋，可是今年的秋老虎似乎張牙舞爪得特別厲害，秋日午後依然豔陽高照，讓人感到夏天彷彿尚未離去一般。特別是我們所處的這個位置，乃是一面完全沒有遮蔽的矮牆後面，我與幻象隊長緊挨著熱得像是能烘烤麵包的磁磚，小心翼翼地監視底下的情景。

「咦？哎，熱嘛，也是有一點點啦，只不過……」

幻象隊長哼了一聲，拉一拉黑色大衣的衣領，欲言又止。

「只不過？」

「學長，今天不是高中考完試嗎？」

「是呀，怎麼了？」

幻象沒有再說話，朝下方的街道努了努嘴，我順著他示意的方向望去。

眼前是一派寧靜悠閒的景色。

我們居住的地方名為一純鎮，依山傍水，民風純樸。

現在我們底下的是一純鎮車站前面最大的一條商業街。在傍晚放學後，一對對男女學生手勾著手、有說有笑地在大街上悠閒散步，時不時還轉過頭來深情對望。

「真是和平的景象。」

「和平？」

幻象隊長拉高了聲調，咬牙切齒地說：「可惡哇～剛考完試，這些該死的情侶就像完全沒有壓力似地一起跑出來玩，我好羨慕嫉妒恨！我也想跟女孩子一起手牽手散步聊天，一起享受屬於戀愛的青春啊！」

幻象隊長一副含恨的表情撕咬著手帕……不對，這時候哪來的手帕？我眨了眨眼，發現他咬在嘴裡的其實是他的披風。

啪嚓！披風被他咬破了，我看得心驚肉跳。

「學長，我不是嫌棄你，可是人家成雙成對、卿卿我我的時候，我卻只能穿成這副模樣，跟個男人一起躲在人家的屋頂，別人看了還會以為我們是專搞偷窺的變態，這叫我心理怎麼能夠平衡？」

幻象隊長一臉快要流出血淚的模樣。

我不禁同情地看著幻象隊長現在的扮裝。此時的他臉上戴著一副彷若假面騎士的面具，再穿起又悶又熱的黑大衣，確實不管從哪個角度來看，都好像徹底跟「青春」這兩個字無緣。

只可惜現在做幾乎相同打扮的我，恐怕沒有資格講他半句話。

我安慰他：「好啦，你也別在意了，習慣就好了，不是嗎？」

「我也好想跟女生一起出任務啊～」

「既然如此，那冷夜元帥怎麼樣？」

「呃……冷夜學姐喔……」

幻象隊長露出思索猶豫的神情。

「我想了想覺得……還是學長最好了。」

說完還作勢靠了過來，嚇得我連忙閃開。

「學長你居然躲開了！」

「好了，不要再胡鬧了。」

幻象隊長「呿」了一聲，總算是能夠稍微專心一點。他百無聊賴地玩起我們帶來的攝影機：

「但是真的很無聊嘛，學長你看，這不就跟平常沒什麼兩樣嗎？」

我苦笑一下。

的確，這麼悠閒美好的下午，說不出的寧靜和平，彷彿找不出任何一絲的不尋常，就是隨處可見的平常的一純鎮……只不過，只不過……

「如果要說是『平常的一純鎮景象』的話，好像少了一些什麼？」

幻象隊長說出了我內心的話。

「哇啊！」

就在我這麼揣想之際，一聲夾雜著恐懼與驚訝的尖叫劃破了這寧靜和平的氛圍，接著少女的聲音再度大喊：「救命啊，有怪人啊！」

就是這個了！

幻象隊長也露出跟我差不多的神色，我們一齊拉高身子，趴在牆壁上往下面俯瞰。

街道上的行人們開始驚慌無比地逃竄，大馬路中央的水溝蓋噗的一聲掀了起來，跳出一個身材巨大的詭異怪人。

「哇哈哈哈——我乃怪人泉烏賊，愚蠢的人們啊，在黑暗星雲的名號下顫抖吧！」

「哇啊啊，是黑暗星雲的怪人！」

「怪人來啦，救命啊～」

「一級警報，大家快逃～」

沒錯，正是怪人！

如果要說一純鎮有什麼不平凡之處，那並非指我們有什麼格外出名的特產或特別有趣的風俗，而是從一年前起，這座小鎮接二連三地受到來歷不明的怪人襲擊。這些由邪惡侵略組織「黑暗星雲」指使的怪人，個個身懷超絕本領，完全是人類所無法對抗的存在。

而沉寂了將近半個月以後，人們原本以為終於可以迎來平靜的時光，沒想到怪人再次出現了。

男女學生、攤商、路人們，個個倉皇但熟門熟路地拋下貨物、朝著最近的建築物躲避，彷彿他們對這些事情的發生早就習以為常了。

然而也有一些手腳不夠快的人們走避不及，被困在當場。

也罷，如果每一次怪人出擊都沒有犧牲品的話，又如何稱得上是邪惡組織的侵略呢？

怪人泉烏賊揮動他那雙又長又細的觸手，隨手就把原本占用殘障專用停車格的小販攤車翻了出去，頓時清出了一個無障礙的空間。然後又將違規停放在人行道上的機車全都掃開，行人在街上走路反而變得很方便。最後泉烏賊洋洋得意地走向坐倒地上、驚恐不已的受害者們。

「怪、怪人，休想欺負我的女朋友！」

「對，沒錯！我們跟你拚了！」

那些走避不及的人們幾乎都是情侶，在這個節骨眼上，那些男生們雖然內心感到十分不安，但仍鼓起勇氣，為了保護女伴而擋在怪人面前。

「哼！想在我面前逞英雄？那就讓你們見識見識我的手段！」

泉烏賊不屑地冷笑一聲，突然鼓起了腮幫子。

「他要噴墨汁了！大家小心！」

「不要啊～我這件衣服是新買的耶！」

既然是烏賊怪人，想當然耳一定是使出跟噴吐墨汁有關的絕招吧！可是不知道普通烏賊噴出來的墨汁能不能和怪人相提並論？在泉烏賊施展絕招之前，無論男女都面露驚恐神色。

「我吐～」

泉烏賊從嘴裡噴出了大量液體，阻擋不及的受害者們發出了尖叫，一下子就被潑了滿身。

「咦？」

可是潑灑在他們身上的液體出乎意料地清澈，人們驚訝不已地看著自己的身軀，依然乾乾淨淨，完全沒有因為怪人的攻擊而變色。

「是、是怪人的招式失靈了嗎？」

「你到底對我們噴了什麼？」

「呵呵，你們以為我的攻擊沒有起到作用嗎？」

泉烏賊還是一副泰然自若的樣子，乾脆地回答道：「是卸妝水。」

「嗚哇！」

現場頓時響起了極為淒厲的慘叫，比起怪人出現時的驚惶有過之無不及。只見那些轉過頭關切女朋友狀況的男士們個個顫抖不已，栽倒在地上，臉上被難以置信的神情所占據。

「小、小美，原來妳長這副模樣？」

「小英？不對，妳不是小英，妳到底是誰！」

「天啊，難道阿花妳的ＦＢ照片都是Ｐ出來的？」

「嗚嘔嘔嘔……」

每一位男友都是身心遭受重創的表情，癱軟著再也無法爬起，女孩子們則是死死捂著臉不肯把手放下，拚命地大喊：「走開，不要看我！」

泉烏賊只用了一招，就讓所有人身心都失去了反抗的能力。

「哇哈哈哈哈哈——」

難怪他會這麼肆無忌憚地大笑。

可是就在這時，有一團黑黑的物體咚地急速撞到了泉烏賊臉上。

「嗚哇！咳呸呸呸呸，是哪個傢伙膽敢偷襲我？」

擊中泉烏賊的那顆球體骨碌碌地滾回了主人腳下，被輕鬆地撿拾起來，原來那是一顆籃球，而出手教訓泉烏賊的勇者竟然是一位女生。

「小千？」

瞥見偷襲者的那張臉，我忍不住脫口大叫。

幻象隊長詫異地轉過頭來：「咦，學長你認識她嗎？」

我緊咬著嘴唇，暗罵自己差點露餡。這位在怪人面前挺身而出卻毫無懼色的少女名叫路怡千，擁有運動系女孩獨有的勻稱體態、一頭剪得恰到好處的俐落短髮，洋溢出清爽而聰慧的氣息。基於某些理由，我對她的事蹟種種真是再熟悉不過了。

平時被暱稱為小千的路怡千手扠著腰，氣勢凜然地對著泉烏賊斥責起來：「可惡的怪人，居然敢破壞小鎮和平，你難道不怕受到教訓嗎？」

「受到教訓？我倒要看看是誰會受到教訓！」

泉烏賊怒氣沖沖，對著小千就是一記噴吐攻擊。

唰啦～小千轉瞬間就被噴成了落湯雞，卻依然處在原地屹立不搖，神色沒有絲毫改變。

「這、這怎麼會？」絕招失效的泉烏賊大驚失色，「為什麼終極卸妝水對妳起不了作用？難、難道……」

原本還委靡在地的男生們紛紛露出女神下凡般的感動模樣，虔誠地望著小千：

「是天然系美少女啊！」

小千的出現，使每個人的心靈都得到了治癒。

從不施脂粉的她，恰好正是泉烏賊的剋星。

「嗚哇，就算卸妝攻擊對妳無效，我也不能饒過妳！」

眼見男人們因為看見了純天然美少女而再次拾起對女性的信心，泉烏賊勃然大怒，舉起了像鞭子一樣的觸手，大力朝著小千甩去。

由於速度實在太快了，小千甚至來不及閃避，咻砰！只見沙塵揚起，響起了觸手擊中物體的鈍重聲音，伴隨著眾人的一陣尖叫。

「是誰？！」

結果泉烏賊驚慌失措的怒吼聲，比眾人的吶喊更加嘹亮。

「怪人泉烏賊，你的邪惡侵略行動就到此為止了！」

一道悅耳的聲音自滾滾沙塵中戲劇性地傳出。

「接下來，由我來做你的對手！」

只見朦朧塵霧中一道曼妙的身影巍峨站立，單手擋住了泉烏賊的攻擊。等到那煙塵緩緩散去，她的身影也漸漸變得清晰，一名打扮成超級英雄模樣的女性，威風凜凜地出現在眾人面前。

那女子臉上戴著一副華麗又不失典雅、充滿精心設計感的面具，栗色的頭髮綁成一束馬尾，在腦後優雅舞動。身上鎧甲中兼具了前衛造型與古典之美，該遮的地方有遮，該露的地方卻也不少，簡直是活生生把「完美」這兩個字做了最經典的詮釋，宛如鑽石般璀璨奪目。

在場眾人見到她，無不感動涕零地大喊：

「萬歲，是繁星騎警！」

繁星騎警，必然於怪人現身時拯救人們的英雄戰士、一純鎮上最名聞遐邇的超級英雄！

位在高處監視著這一切的我跟幻象隊長也同樣激動不已。

我當然是快樂得要跳了起來，但是幻象隊長面具底下發出來的「嗯嗯啊啊」，卻絕對不是什麼愉快的聲音。

「嗚喔喔！是繁星騎警！」

可是因為目睹了繁星騎警出場，我的心情早已難以平復，不由得發出了激昂的高喊聲。

「學長，你怎麼這麼亢奮啊？我知道了，一定是看到了我們的死敵繁星騎警所以激動萬分吧！」

幻象隊長自作主張地下了結論。

我沒理睬他，因為現在還有更重要的事。

就在繁星騎警現身的那一剎那，我早就把攝影機的聚焦與採光都調整到了最完美的模式。

絕對不可以漏失掉繁星騎警大戰怪人的精彩鏡頭，這些影像可都是人類最珍貴的資產，將會放在我個人的收藏庫裡頭，作為全世界的瑰寶流傳下去。

「可惡的繁星騎警，今天我一定要打倒妳，接招吧！」

泉烏賊說出了專屬反派角色的老掉牙臺詞，隨即全力對著繁星騎警施展噴吐，但是繁星騎警一點也沒有被震懾到。稍微防禦以後，繁星騎警若無其事地抖開了身上的水花。

「糟糕，卸妝水對戴面具的敵手不管用！」

泉烏賊立刻意識到自己的失策，可是繁星騎警哪會放過這麼好的機會？

「抱歉啦，怪人，可惜我今天有事，只好來個速戰速決——看招！」

繁星騎警大喝一聲，猛然加速衝向對手，拳頭如狂風暴雨般打向泉烏賊，發出了爽快的爆擊音，周遭的人們全都不住喝采，而這怒濤般席捲的攻擊打得泉烏賊節節敗退。

圍觀者的情緒越來越高漲，甚至還一齊喊出了招式名字。

「天馬疾風流星拳！」

這就是繁星騎警最著名的必殺技之一，天馬疾風流星拳，發動超高速的連續攻擊，藉由強勁的打擊波產生可怕的高熱量，徹底傷害敵人內部組織，也是戰無不勝的絕招。

「哇啊！我不甘心啊！」

就在人們的歡呼聲中，泉烏賊發出最後的慘叫，被打飛上了半空。

轟轟～

然後帶著濃濃的烤烏賊香，飛向天際的遠方。

「哎呀，這次又輸掉了耶。」

幻象隊長搔搔頭，語氣無奈地說，不過在無奈中卻又帶有一絲絲的習慣。

「學長，你在做什麼？喔，沒想到你還會檢查錄影，一定是想要從影片裡頭找到繁星騎警的弱點對吧？」

我隨意地點了點頭，捨不得將注意力自影片上離開。啊啊！繁星騎警出擊的英姿真是百看不膩，我簡直可以重播一百遍，盡情地回味。

「現在該怎麼辦啊，學長？」

「既然作戰失敗了，那還是照往常一樣回報吧。」

「好吧，那就先回去囉！」

「我知道了。」

雖然不願意，但我還是不得不結束影片。

幻象隊長朝著前方伸出了拳頭，就像是要出發前要大喊一聲目的地一樣，有些中氣無力地喊道：「回黑暗星雲吧！」

——沒錯，在此處從頭到尾監視一切過程的我們，並不是繁星騎警的支持者，相反地，我們還是與之為敵的存在。

我們就是黑暗星雲的侵略者幹部！

黑暗星雲的總部位在偽裝成廢棄歌舞廳的地下空間，外表看似平凡無奇，裡頭其實蘊含著無數神祕的高科技。

黑暗走道上，靛藍神祕的燈火迎接著我們歸來，只不過，就在我與幻象隊長返回會議室後，卻發現總部內早已空無一人，只剩下自願留守的冷夜元帥。她劈頭就問：

「為什麼這麼晚回來？」

幻象隊長無奈地聳聳肩：「還不都是學長堅持要走路，不然我們早就騎機車回來了。拜託，從商業大街那回來要走好幾公里，我的腳都快痠死啦！」

「不行！」

我面色鐵青，回想起上次任務坐在幻象隊長後座的情形，至今仍然忍不住打寒顫，說什麼都不可能讓步。

「那不然坐公車也行嘛！」

「你要用這副打扮坐公車嗎？」

幻象隊長似乎找不到話來反駁，但還是在那邊嘟囔個不停。

冷夜嘆了口氣，「看樣子，這次作戰又失敗了吧？」

幻象隊長點點頭。

「好吧，那把資料交給我，剩下的報表讓我來填。大家都下班了，你們也早點回家休息吧。」

冷夜溫和的態度讓幻象跟我都感到有些詫異，我們兩人同時互看了一眼，接著聳了聳肩。

過去的冷夜元帥是個認真嚴肅、不管待人律己都毫不通融的人，然而經過一些事件後，她的性格似乎也慢慢產生轉變。

「那就先謝謝學姐啦，兩位再見。」

幻象隊長拎起背包急忙趕了出去，冷夜則重新回到座位上，埋首公文。

真是勤奮啊！雖然我、幻象、冷夜，以及絕大多數的幹部都只不過是工讀生，然而像冷夜這樣一絲不苟的也是絕無僅有了。

我收拾完東西，冷夜依然維持著那副模樣坐在原處，彷彿動也沒有動過。

「妳不回家嗎？」

雖然冷夜待在這裡並不會有什麼安全上的疑慮——有誰會大膽到去打鎮上最大邪惡組織根據地的主意呢？但無論如何，讓一個女孩子孤單留守，總讓人覺得過意不去。

冷夜從辦公桌上抬起頭。

「你是在顧慮我嗎？沒關係的。現在就算回去了，我家裡面也沒人。」

不知為何，總覺得冷夜說出這話的時候，語氣有一絲絲落寞。

「你是在關心我吧，謝謝你，厄影參謀，你真是個溫柔的人。」

「不，哪裡……唉，那妳自己小心。」

既然冷夜都這麼講了，我也不好意思再多說些什麼，便靜靜離開。

夕陽西照，倦鳥歸巢。

我換上制服，慢慢地走向商業大街。雖然不久前大街上才引發了一場熱烈萬分的騷動，可是現在人們卻又彷彿無事般地恢復了平常的狀態。只有流淌在地上、混合著脂粉顏料的五顏六色卸妝水，述說著受到怪人襲擊的事實。

不過我並沒有時間感嘆，我的心情正處於十分雀躍的狀態。

要說為什麼呢，路上行人的目光正好給了答案。

彷彿有什麼吸引了路上行人的注意力，他們不由自主地朝同一個方向望去。街燈下，一個穿著素淨連身洋裝的女孩子靜靜站在那裡，像是在等人。她那天仙下凡的美貌正是讓所有人都無法自拔地多看一眼的原因，只是本人似乎沒有發現。

那位美麗的少女，正是讓我感到歡欣不已的理由。

忽然間，她抬起頭，察覺到了我的存在，很高興地朝我揮手。

「姚子賢！在這裡！」

這個動作立刻令我感受到了周圍男人們投射過來的刺人視線，他們一定是對於我怎麼會認識這麼美麗的女孩子而嫉妒不已。真是不好意思，我不禁感到一股驕傲，然後立刻回應那名女性。

「姐姐！」

「哎唷，你怎麼這麼慢啊！我都快等死了。」

姐姐嘟著嘴，看來是等得不耐煩了。嗚哇！這副模樣砰地擊中了我的心臟。站在晚霞間如詩美景之下專程等弟弟的姐姐，真是超越筆墨可以形容地可愛。

「抱歉，因為打工所以有些晚了。」

我一邊道歉，一邊享受著有姐姐在身邊的幸福感。

一點也感覺不到現在是黃昏呢！世界彷彿因為姐姐的存在，瞬間煥發出了奇妙的光彩，我猛然一看，原來是路燈跟店家的霓虹燈都亮了起來，不過，我想這一定也是因為驚嘆於姐姐的美麗所以才會發亮吧。

藉由周遭亮起來的燈光，姐姐的可愛模樣終於可以一覽無遺。栗子色的長髮綁成一束辮子垂放在腦後，如初生嬰兒般吹彈可破的白皙皮膚，更是讓人想舔上一口……咦，這可不是開玩笑的，像姐姐這樣神聖的存在，不管是她汗水裡面留下來的鹽分，還是呼吸時吐出來的空氣，可是無一不充滿著屬於姐姐的精華啊！每日攝取這些成分，對我而言就像攝取維生素一樣必須。

話不多說，我立刻大口呼吸著姐姐身邊的空氣——哇！就好像進入森林得到了新鮮的芬多精，把我的肺臟完全淨化。

「快點啦，假面超人的特攝節目就快要開播了耶！」姐姐看著手錶說，「上週我看了預告片就超級想看的，為了趕上今晚聽說特別精彩的一集，我打敗怪人的時候還特別加快了速度，我……」

「噓～姐姐，小心點！」

我連忙摀住姐姐的嘴巴，然後緊張地看著周圍。

「爸媽不是說過嗎，不能在外面暴露姐姐的真實身分。」

我真是嚇都嚇死了，連忙查看周圍是不是有人注意到這裡，好在，並沒有人特別留意我們。

忽然，手指上傳來一陣刺痛，「嗚哇！」

我急急忙忙抽回手，姐姐一副「得到教訓了吧」的樣子看著我。

「討厭耶，讓人家炫耀一下都不行嗎？我當然也有在注意啊！」

姐姐雖然這麼說著，可是還是小心地望了眼四周。

「姐姐，對不起啦。」

確實，沒能體諒姐姐心情的我，真是萬分該死。不過這也難怪，畢竟誰能想得到呢，在我眼前這位看似普通的女高中生……不對，是集聚清秀與優雅、帥氣與嬌柔的超級美少女，竟然就是稍早之前大放異彩、拯救無數小鎮居民的那位英雄——

繁星騎警！

本來嘛，像姐姐這樣偉大的人物，就算現在馬上要街上所有人都下跪膜拜也不過分。可是像姐姐這樣具有謙遜不張揚品格的新時代女性，當然不可能把它拿出來在人前說嘴。

因此，姐姐身為小鎮英雄的這件事，始終只有我們一家人知道。

「好啦，沒事的……子賢，你的手指會痛嗎？」姐姐擔心地問著我。

被姐姐這樣關心，心頭真是暖暖的。

「不痛，不痛。」我連忙搖搖手說道。

看了一眼被姐姐咬過的手指，上面沾滿了唾液，而且還印著齒痕，疼痛感依然殘留著……可是作為一個男子漢，我怎麼能夠讓姐姐擔心呢！像這種小傷口，只要消消毒就好！所以我趕緊把手指放進口中。

嗯嗯……這樣應該就沒問題了。

「那就好。好啦，那我們趕快回家吧，我肚子好餓啊！」

「啊，等等我，姐姐。」

姐姐迫不及待地邁開腳步，我連忙跟了上去，我們就在夕陽餘暉中一同踏上歸途。

「姚子實，妳給我坐回來餐廳吃，吃飯不要配電視！」

「哎唷，媽，再等一下嘛，現在正精彩耶~嗯對，就是那裡，打牠！」

「姚子實！」

「算了啦，妳就讓妳女兒看電視嘛，她今天跟黑暗星雲作戰也是相當辛苦，總該讓她放鬆放鬆。」

媽媽嘆了口氣，放棄了叫回姐姐的念頭，默默扒起碗中的飯。

即使是超級英雄，但是在爸媽的眼裡，還是跟小孩子沒什麼兩樣。

我微微一笑，繼續悠哉吃著晚餐。這時候電視機傳來插播廣告的聲音，姐姐趁機從客廳走了回來。

不過姐姐並沒有再去添裝飯菜，而是很快地把碗盤放進水槽。

「我吃飽囉！」

「姚子實，妳吃這麼少？」媽媽詫異地問道。

「我要減肥。」

減肥？

我和爸媽同時露出懷疑自己聽錯了的神色，狐疑地瞪大了眼睛。

「是、是不是哪裡煮得不合妳的胃口？」我連忙緊張地問道。

我望向桌上的飯菜，每一樣都是挑食的姐姐最愛吃的菜色，換作是平時的姐姐，一定早就秋風掃落葉。

不過姐姐搖了搖頭。

「反正我吃飽了，我要出門囉！」

「都這麼晚了，妳還要去哪裡？」

「辦一下事情。」姐姐聳聳肩，回答媽媽的問題。

「等等，這麼晚了，妳自己一個人出門太危險了吧，等我一下，我去換一件衣服。」我匆匆忙忙地把飯菜全都扒進嘴裡，然後跑向自己的房間。

「我？危險？」

姐姐彷彿覺得我說的話很可笑似地大聲說著，意思好像在表明「你居然會覺得小鎮英雄自己一個人出門會不安全」，可是媽媽用不容辯駁的口氣開口：

「讓姚子賢跟著妳去。」

「啊，媽媽，連妳也這樣，我可是繁星騎……」

「我管妳是誰！」

「好吧。」姐姐的回答聽起來似乎是覺得無所謂了。

為了不讓姐姐久候，我迅速地脫掉制服換上便裝，下樓後發現姐姐已經把腳踏車牽出門外等我了。

「上來吧！」

著迷於特攝節目的姐姐為自己的腳踏車取了個非常有霸氣的名字——「翔空流星號」，念念不忘地想把它當成繁星騎警的代步工具，只可惜這臺名聲威震一純鎮的腳踏車無法真的陪姐姐南征北討，理由就是因為我現在腳踏著的這對火箭筒。

如果把這臺腳踏車騎上街頭的話，首先就會因為非法改造而被警察抓吧！

「那些臭警察，憑什麼對我這超級英雄的交通工具指指點點？」最讓姐姐忿忿不平的就是這件事了，不過警察有他們的苦衷，所以也沒辦法。

呃，不過，現在眼前還有一項更重要的事。

「嗚哇哇哇，姐姐！拜託妳可不可以不要騎這麼快？我快掉下去了！」

「噢，好，不好意思唷！」

姐姐略帶歉意地說，連忙放慢了踩踏的速度。

太可怕了，要是稍不留神就會發生這種狀況。正是因為 γ-12 星人超凡優異的血統，使得姐姐偶爾忘記控制力道時，事情就會往不可收拾的方向發展。

我提心吊膽地看了看四周，幸好在這個時段路上沒有行人，兩邊的住宅也不會有人探出頭來亂看，否則明天的報紙頭條，恐怕就會是某腳踏車被目擊到以一百八十公里的超高時速奔馳在深夜街區的小鎮傳說了。

我問姐姐我們要到哪裡去，可是姐姐賣了個關子，只說我最後就會知道了。

過了不久，我們騎出安靜的住宅區，穿過熱鬧的大街，來到「那棟建築」面前……

「那麼，姚子實小姐，您看看剪這個髮型可以嗎？清爽俐落。」

「好看！姐姐剪這個髮型一定超級好看！」

「……那麼，還是參考看看這樣子的呢，淑女風格？」

「好看！好看！姐姐剪這個髮型一定無敵好看！」

「……呃，其實，我們也有能夠讓顧客看起來年輕十歲的造型可以讓您選擇。」

「放心！姐姐不管剪什麼樣的造型都會霹靂無敵好看的！」

不斷向姐姐推銷的設計師把髮型型錄放了下來，一臉鬱悶地看著我。

「這位先生，麻煩您不要在旁邊大呼小叫，這樣會干擾我們工作。」

「我只是在表達我對姐姐髮型的一點支持而已。」

對於這名設計師的詆毀，我毫不退縮，並且嚴正抗議。

這間髮廊怎麼能夠容忍如此目光如豆的設計師？難道他看不出來姐姐打算以煥然一新的姿態重新讓這世上的每個人眼睛一亮？在這麼偉大的時刻裡，身為弟弟的我怎麼能夠不好好支持！

像這樣目光短淺的設計師當然看不出來，姐姐清麗脫俗的美，不管搭什麼髮型都很好看！

「好了啦，姚子賢，我已經決定好了。」

始終對設計師的建議搖頭的姐姐噗嗤一笑，朝著型錄上的時下最流行的韓風髮型指了一指。

設計師看了以後，開始替姐姐剪髮。

「先替您修邊。」

「嗚！」

「接下來修剪。」

「啊！」

「……然後再打薄。」

「噫！」

設計師停下了動剪刀的手，這次望過來的眼神居然充滿著殺氣。

「先生，在我工作的時候麻煩您不要鬼吼鬼叫可以嗎？」

「哎！可是，那剪的是我姐姐的頭髮啊！」我試著跟這名缺乏耐心的設計師講講道理。那每一刀剪在姐姐頭髮上，卻痛在我心上，「我姐姐怕疼，我會很捨不得。」

「先生，頭髮是沒有神經的！」設計師看起來瀕臨崩潰邊緣，「阿美！阿美！帶這個小子……先生進去洗頭髮，算我免費請他，只要讓他不要繼續在我身邊打轉就行！」

等等！我還想留在姐姐身邊啊！

就在我打算開口阻止之時，洗頭小姐走過來拉住我的手：「好啦先生，請往這邊走喔。」

於是我就被糊里糊塗地拉向了洗髮間。

不要啊～我頻頻回頭望向姐姐，坐在椅子上的姐姐離我越來越遠。

我被推上洗頭臺，感受到清涼的洗髮精在我頭上搓抹，洗頭小姐試著向我搭話：「這個水溫還滿意嗎？」

「……」

「對了，先生，您幾歲啊？」
「……」
「看你的樣子還是學生吧，你在哪裡讀書？」
「……」
洗頭小姐完全不明白此刻我心中的消沉，看不見姐姐的臉，我都不想好好說話了，我閉上眼睛。
無奈的她似乎想在放棄之前做最後一次嘗試，於是開口說：「你是陪姐姐來的嗎？你們姐弟感情真好。其實呢，我上面也有一個姐姐喔。」
我倏然張眼，完全被這個話題挑起了興趣。
「妳也有姐姐嗎？」
「是呀。」洗頭小姐似乎很高興能夠跟我說上話。
「那麼妳一定也能體會有姐姐的好處吧！」我心中頓時充滿著知音難逢的感動，「我跟妳說喔，我姐姐啊……」
我開始滔滔不絕地向這位洗頭小姐說起關於姐姐的各項偉大事蹟，包括她小學時是怎麼樣地可愛、國中時又是怎麼樣地清純，一直到上了高中……啊啊！姐姐身上的種種美麗簡直是說也說不完。
我實在太高興了，長期以來對於姐姐的觀察與紀錄，終於夠找到能傾訴分享的對象，一說之下幾乎停不了口。

「所以說，那時候的姐姐啊，她就……哎呀！」我吃痛地叫了出來：「那個，妳洗得好像太大力了？」

「咦，是嗎？真對不起，不過，對付你這種變態，這樣的力道也是剛好而已。」

「……不好意思，妳剛剛說了什麼嗎？」

「沒什麼。洗好了，請起來吧。」

「但是，妳還沒有幫我沖水。」

「……要沖囉。」

「嗚哇！」

結果我的臉上居然被洗頭小姐直接用蓮蓬頭的熱水潑了，好燙，好燙！

被大大折騰了一番之後，我心力交瘁地從洗髮區裡走了出來。這家髮廊的服務態度實在教人敬謝不敏，我差點忍不住就要開口抱怨，可是當我抬起頭來時……

「姚子賢？」

咦！

「女……神？」受到無比衝擊的我驚訝得只能發出這兩個字。

「噗哈哈哈，哪有那麼誇張！你很三八耶！」

大笑著的姐姐重重地拍了一下我的肩膀，不過聽完我的讚美，她也是一副喜孜孜的模樣。

「好看嗎？」姐姐問道。

「好看好看，」我點頭如搗蒜，「我差點都認不出來了呢！」

「是嗎？可是我只有請設計師幫我簡單修一修耶。」

「變了一點小地方，整個氣質就都不一樣了呀！」

我由衷發自肺腑地讚嘆。好看！真是太好看了！就算只是變更一點小細節，姐姐也能展現出截然不同的感覺。姐姐的美麗原本就是千變萬化、浩瀚無窮的大宇宙意志的縮影，即使是最細微的部分稍做修剪，也能在她身上感受到無比意外的驚豔。

就在我沉浸於姐姐的美麗之時，設計師卻很不識趣地發出噪音干擾我。

「阿美，過來幫我掃掉頭髮。」

「嗯！來啦！咦，地上沒有頭髮啊！」

匆忙跑過來的洗頭小姐納悶地說道，接著抬頭，發現了我手上的塑膠袋。

「……先生，你手上拿著的是什麼東西？」

「咦，這些，我想帶回去保存。」

聽完我說的話，洗頭小姐的臉忽然皺了起來。

剛才我趁著她轉身拿掃把的時候，立刻將地上所有的姐姐頭髮收集乾淨了，她就只能拿著掃把愣愣地站在那裡。我對她微微一笑，示意她可以少做一項工作，然而她居然露出了一副頗為遺憾的模樣。

「嘖，沒機會對付你了。」

咦，難道那柄掃把不是用來掃地的嗎？

不管怎樣，我跟姐姐還是心滿意足地走出了髮廊，乘著腳踏車愉快地回家。

「姐姐，妳怎麼會突然想要改變造型呢？」

站在姐姐後方，聞著從姐姐秀髮上傳來的清新芳香，真是格外使人神醉。

「這個嘛……哈，姚子賢，你還記得上次我跟你說過的那個人嗎？」

「唔，哪個人？……啊！該不會是那個『他』？」我萬分震驚地大喊。

姐姐竟然露出嬌羞的表情，「人家想要改變一下形象，也許下次再遇見，他就會注意到人家了嘛！」

可惡，姐姐就連說起話來的語氣都像是戀愛中的少女，我的心頭瘋狂地淌出鮮血。我咬牙切齒，我好不甘心！

就在不久之前，姐姐忽然提起某個身分神祕莫測的「他」，從此以後三不五時就會把那個男人放在嘴邊提一陣子，簡直被迷得神魂顛倒。

究竟是哪個不知死活的王八蛋？那頭披著羊皮的大野狼，到底運用了何種手段，竟然想要勾引我純真無邪的姐姐！這豈不是公然與我，不，是與世界為敵？卑鄙無恥的小人！要是讓我知道你是哪個傢伙，信不信我把你拆骨煎皮？

宣戰！我憤怒地揮出手臂。

「哇啊，姚子賢你幹什麼啦，不要突然在車上亂晃啊！」

「嗚哇！」

腳踏車失去平衡，在我們兩人的尖叫聲中，偏離了既定的方向，就這樣歪歪斜斜地一路朝著最不期望的局面發展……

砰！咕咚！

接下來發生的慘劇恕我略過不提……總之，究竟明天到學校後，大家看到姐姐煥然一新的模樣，會露出什麼樣的驚嘆表情呢？我還真是期待。

PRODUCTION

繁星騎警也有天敵

02

叮咚～叮咚～

鐘聲提醒著學生們現在正屆早自習時間，可是學生們並不似往常一窩蜂地往教室裡竄，大批的人潮聚集在穿堂，像菜市場一樣嘈雜熱鬧。

走近一看才發現，原來是全校段考名次布告了，大家正在櫥窗前面大排長龍，對於所有學生來說總是幾家歡樂幾家愁。

此刻我的臉上也是一副愁眉苦臉的樣子。

「好了啦，姚子賢，你還在為那種雞毛蒜皮的小事難過嗎？」

走在我身邊的女孩神色鄙夷地看著我。

她是路怡千，正是昨日英勇地挺身而出面對怪人泉烏賊，被我們暱稱為小千的少女。順帶一提，小千與我是鄰居兼青梅竹馬的關係，因此感情特別要好。

我病懨懨地沒有理她，哀莫大於心死。

「只不過就是沒跟小實姐一起上學，有必要搞成這副模樣嗎？」小千手扠著腰說道。

「可惡，我太大意了。」我滿懷憂傷地說。

平常早上我總是會先起來叫姐姐起床的，今天卻睡晚了，當我好不容易以最快的速度完成刷牙洗臉，卻被媽媽告知姐姐自己先去上學了。

早知道昨晚整理床底下那堆「繁星騎警出擊大全」光碟時，不應該看姐姐的戰鬥影像到那麼晚，害得我現在還是感覺有些睡眠不足……可是話又說回來，那些可都是姐姐跟怪人戰鬥時的英姿啊！這也不能怪我吧，我相信不管換作是誰，只要看到姐姐那無比迷人的模樣，一定也會像我一樣無法自拔的吧！

「溫柔地叫姐姐起床，替她摺棉被，服侍她刷牙洗臉吃早餐，最後一起上學，是我最大的夢想啊！」

「煩死了！怎麼會有這麼噁心的夢想？」小千露出一臉嫌惡，「摺棉被說得這麼好聽，反正一定就是你把臉蹭在小實姐的枕頭上『嘶哈嘶哈』地變態喘氣吧？」

「我怎麼可能做出這種事？」

我只不過是把臉埋進姐姐的被窩中，「嗚嗯嗚嗯」含蓄地享受姐姐的香氣罷了。

「真是夠了，別人都不知道我們的全校第一名實際上是這種德性，光看你的外表，大家都以為你是個酷哥呢。唉，走啦，我們去看成績！」

小千大力提起我的衣領，不顧一切地把我拖往成績欄前面。

「喂！你們看，那不是姚子賢嗎？」

「長得有點帥喔，我就是喜歡這種有點冷淡型的。」

「不過啊，我聽說他這個人有點變態，好像會對他那個校花姐姐做一些很不正常的事情喔。」

人們的流言蜚語傳進我的耳裡。說實話，我真討厭被人指指點點，還有最後面那個傢伙是怎麼一回事？要在背後誹謗別人也該有個限度吧！我哪會對姐姐做什麼奇怪的事，他根本是在嫉妒我跟姐姐之間深厚的感情。

「我看看……哇！姚子賢，你好厲害，果然又是第一名。咦，姚子賢跑哪裡去了？……你跑去三年級的名次區做什麼？」

小千氣急敗壞地跑了個大老遠，終於在整張成績表長卷的末端，也是人潮最零散的地方再次揪住我。

「你這傢伙，一不注意你就……哎，原來是跑來找姐姐啦！小實姐好。」

當然，有姐姐的地方就會有我！

姐姐嘻嘻笑著，對著我們打了招呼。

「小實姐妳也來看成績啊？」

「對啊，我這次考得還滿順利的，所以很有把握喔。」姐姐拍拍胸脯，信心十足地說道。

「這是當然的囉，憑姐姐的聰明才智，小小段考怎麼可能難得倒妳呢？」

我可是對姐姐信心十足呢！

姐姐聽完以後心情大好，可是小千卻露出一副不太樂觀的表情，哼！等等就要妳刮目相看。

「呃……不要忘了小實姐過去的成績……」

「安啦，士別三日，姐姐早就不是過去的姐姐了，看著吧，從成績表上的第一頁開始找……開始找……」

咦？第一頁怎麼可能會沒有姐姐的名字呢，出了什麼意外？

我和姐姐瞪大眼睛，拚命在好幾大張成績表上面來回巡視，可是什麼都沒有發現。

「怎麼會呢，難道是教務處遺漏了姐姐的分數嗎？」

正當我和姐姐驚慌不已的時候，小千站到了成績表的末端，並且用很不安的語氣開口：

「呃，你們過來看看……是不是這個名字？」

我和姐姐連忙湊過去一瞧。

「欸真的耶，小千妳好厲害，我看看……」

「……姚子實，第六百九十三名，總人數……七百七十九人。」

左看右看，橫看豎看，赫然就是姐姐的分數跟姓名。而且六百九十三，這是多麼出人意表的數字？我的眼睛綻放光芒。

「嗚哇！怎麼辦啦！」姐姐的臉唰地一下變得蒼白，焦急地哭喊，「我怎麼會考出這種名次啦～姚子賢，怎麼辦啦，這下我肯定要被媽媽宰掉了啦！」

「嗚哇，小實姐妳先別慌啊！」

「姚子賢，你也覺得這個名次很爛對不對？」

「怎麼會呢？一點也不爛啊！」

姐姐詫異地回頭望著我，小千則是露出一臉像被籃球砸到的神情。

我向她們解釋：「姐姐妳上次考了七百三十多名，這次卻進步到了六字頭，妳算算看，七百減六百等於多少？」

「耶？耶？耶？」面對這種程度的問題，姐姐還是非得動用手指來計算不可，然而聰慧的姐姐依舊在一番努力過後得到了正確答案。

「是一百！」

「沒錯，足足進步了一百多名耶！」我語調歡欣地說。

小千瞪大眼睛，「等等，是這樣計算的嗎？」

不等她再度開口，我迅速制止了小千接下來打算發出的胡言亂語。

「不過呢，我還是覺得姐姐應該有全校前十名的實力，我想一定是教務處閱卷的機器壞掉了，真是不可原諒。」

既然如此，那我更應該義無反顧地有所動作才對。

「你要去哪裡？」

「我要去辦公室，替姐姐討回公道！」

「可是現在就快上課了耶！喂，姚子賢，你快回來啊！」

上課？那種事情有比討回姐姐的成績還要重要嗎？我毫不猶豫地猛衝向教職員大樓。

結果我挺身為姐的英勇戰鬥意外地慘遭滑鐵盧。這些食古不化的古板教師們，說著「姚子賢考出那種成績本來就不意外，姚子賢雖然你是全校第一名，但是也不該太寵你姐姐，別再胡鬧了」這種昧著良心的話，把我轟了出來。

該死，難道你們那些昏花的眼睛看不清楚真相嗎？我那冰雪聰明的姐姐怎麼可能拿到那麼差的成績……哎？我不小心說出口了。

心情大受打擊的我，失魂落魄地在走廊上拖著腳步，正打算回到教室，路過一個轉角。

「哎呀！」

砰！突然一個懷裡抱著一大疊書的人影衝了出來，跟我撞了個滿懷。我們兩人登時摔了個四腳朝天，許多書本一下子嘩啦啦啦地撒到了我身上。

「啊，姚子賢學長，對不起！」女學生慌慌張張地爬了起來，拚命道歉，但是她的語調聽起來卻不怎麼驚慌，接著，她望向眼前一片凌亂的場景，以一種像是在念稿般的聲音說著：「天啊，我的書都散得滿地都是了。」

不只是她的書，就連我的書包跟手提袋也遭了殃，飛出去老遠，裡頭的東西四散一地。真是的，怎麼會有人捧著像小山一樣高的書堆在走廊上跑百米呢？

遇到這樣的事情實在令人很不愉快，但我還是強忍著情緒說道：「沒關係，我幫妳收拾吧。」

「啊，那真是太謝謝你了，學長。」

我點了點頭，一邊幫她拾起地上的書本，卻赫然發現一件十分不妙的事。

厄影參謀的面具與黑大衣，此刻正大剌剌地攤開在走廊上啊！

我心都涼了半截。

那是在稍早之前，也就是怪人泉烏賊被擊垮後，我跟幻象隊長走在回去路上所發生的事。

「欸，學長，你……這天有沒有空啊？」

我探頭看了看幻象隊長指在手機上的日期，皺起眉頭。

「這天我放假耶。」

「怎麼這麼不巧啊！但是我只剩下學長可以拜託了，學長，你就幫我這個忙吧。那天輪到我開基地的門，可是我有事情沒辦法早到。」

「怎麼啦？」

幻象隊長一副羞於啟齒的樣子，搔了搔頭，最後勉強地開口：「這個……也不是什麼大不了的事情啦，前幾天考完試以後，我在學校走廊上跟幾個同學打棒球，結果被學生會副會長抓到，說要罰我掃一年級所有的男廁所，真是丟臉死囉！」

依照幻象隊長的說法，他們學校的學生會副會長是一個東管西管、又不好說話的頑固八婆，一旦做出決定，就絕對沒有轉圜餘地，所以幻象非得掃廁所不可。

話說回來，我所念的一純高中，好像也有一條不得在校內打棒球的校規，會不會是巧合呢。

不管怎樣，禁不住幻象楚楚可憐的哀求，我只好答應了他的請求，這也就是為什麼今天我會把厄影參謀的衣服帶來學校的原因。

如果讓人看見黑暗星雲幹部的衣裝出現在一純高中可就糟糕了，必須趕快藏好這兩樣東西才行。可是好巧不巧地，我們在走廊上呈現了「我——學妹——我的衣服」這樣的一直線，如果要接近那兩件衣物，我就必須設法巧妙地繞過學妹，並且不能讓她察覺。

我朝學妹瞥了一眼，發現到她並沒有注意，於是假裝認真地收拾書本，實際則是慢慢朝著自己的手提袋移動。

手底下慢慢地撿拾著，心裡面其實是五內如焚，就在我瞥見其中一本書，正伸出手準備把它撿起來之際，忽然一隻軟綿綿的小手搭上了我的指尖。

「啊！」我連忙向學妹道歉，「真抱歉，我不是故意碰到妳的。」

「沒關係，姚子賢學長～」沒想到學妹非但沒有把手抽回去，反而還用力地抓住我的手腕，她的臉上呈現一種欲拒還迎般的奇特表情，「學長，這麼多本書裡面，我們同時選中了一本，這難道不是我們兩人之間命中注定的緣分嗎？」

「咦？」我大吃一驚。

這時，我隱約從學妹的語氣裡頭嗅出了危險的氣息，話說回來，我從剛剛開始就一直覺得很疑惑，為什麼素昧平生的她會這麼清楚我的名字？

「這就像浪漫故事裡頭的情節啊，嗚呼呼呼呼～不枉我從圖書館裡借了這麼多本書等在這裡，就是為了創造我們之間偶然的邂逅啊！」

這已經不叫做偶然了吧？

「等、等等，妳到底在說什麼？」學妹的性格眨眼間就跟登場時完全不同，著實令我驚惶不已。

「呼呼呼，姚子賢學長，這間學校裡偷偷仰慕著你的女生人數，可是比全校學生總數還要多呀！不主動進擊的話，又怎麼能夠在眾多競爭者中脫穎而出呢？」

什什什什她在說什麼？我像被蛇盯上的青蛙般驚恐。這個比喻果真貼切，一轉眼，學妹的手臂和身子便像某種爬蟲動物一樣貼了上來，我要被吃掉了！

「等等，學妹，我對年紀比自己小的沒興趣……」

「呼呼呼……學長不要怕，讓我來帶你領略妹系角色的美好。」

「請妳住手！」

就在我感覺自己要完蛋了之際——

「喂！你們在做什麼？」

一個高亢的聲音在我們耳邊響起。學妹停止在我身上惡意摸索的動作，迅速地從我身上爬開，我感受到身體頓時輕鬆不少。

我勉強抬高脖子，看見出現在走廊上的第三道身影。

一名齊瀏海、髮型整齊俐落的女學生，雙手扠著腰，面容嚴峻地俯視我們。她制服胸前識別的線條說明她與我是同年級，不管怎麼樣，此刻這人無疑是我的救命稻草。

「學、學生會副會長？」學妹帶著一副又敬又畏的表情，看著新出現的女學生。

我們被她用冷冰冰的視線掃視了一圈，覺得渾身不自在。

「竟然把公共通行的走廊弄得這麼亂！破壞整潔、毀損圖書、男女學生不當肢體接觸，你們知不知道自己違反了幾條校規？」

她一開口就是一陣連珠砲似地狂轟猛炸。

「妳──」副會長指著學妹的鼻子說道：「中午時來辦公室找我，還有你──」

咦？是我嗎？我也要？

我正待發言，卻見她對我微微垂下了眼睛，警告的意味濃厚，識時務的我連忙把嘴巴閉上。

「放學時準時來找我報到。」

冷酷地說完話以後，這名女學生便頭也不回地轉身離開了。

我一邊登上樓梯一邊回想著。

「姚子賢，你做了什麼事惹到學生會副會長嗎？那個女人超級可怕，小心她會剝了你的皮啊！」

「什麼，你們在說學生會副會長，嗚哇！我不敢聽啊，媽媽！」

「姚子賢，拜託你一定要活著回來啊！」說這句話的同學一臉誠摯地握住我的手。

當我跟同學們說起被學生會副會長約談的事情時，他們個個都露出一副活像我招惹到一個絕對不該招惹的大魔王的模樣，可是我們學校的學生會成員有這麼凶神惡煞嗎？

由於一純高中校風向來強調學生自治，我們的學生會不但擁有充裕的自由，和學生們的互動也很頻繁，更在維護秩序以及環境整潔上具有相當分量的權限。雖然我對公共事務並不熱心，可是在朝會上學生會會長給我的印象，是一個爽朗健談、氣質溫和的人。

「副會長是什麼三頭六臂的人物嗎？」

因為確實對她毫無印象，我只好轉過頭問小千。

「咦，你不知道嗎？」小千詫異地回答，「她的名字叫做黃之綾，是每一次考試都排在你後面的全校第二名呀，你怎麼可能不認識？」

真是抱歉啊，但是我對於二年級的成績排名一點記憶都沒有，但對於三年級倒數一百名的常客們可說是倒背如流，那是因為姐姐時常出現在那個區間……但這只不過是暫時性的，等到大考將至，相信姐姐一定能夠發揮真正的實力，一鳴驚人。

「真是的，姚子賢，你的常識缺乏得也太誇張了，不要整個腦袋瓜裡面都只想著小實姐，你真的應該多注意一下周圍的人事物，這世界並不是圍繞著你姐姐運轉的。」小千忍不住抱怨道。

真是的，除了姐姐以外的事情，哪有什麼值得我關注的？

雖然我不贊同小千的觀點，然而這時並不是反駁爭辯的時間點。

「這點我會深刻檢討，所以妳可以趕快告訴我了嗎？」

「我看你根本就不把我說的話放在心上。」小千嘆了口氣，但仍舊說道：「副會長掌管風紀與整潔評分，對於那些觸犯校規的學生毫不容情，所以大家都很害怕她。最好別跟她扯上關係來得好。」

我點頭稱是。

根據小千的說法，這位名叫黃之綾的女同學不但成績優秀，才藝和體育表現也可圈可點，堪稱是文武雙全的才女，然而缺點就是個性過於剛直，所以也沒有什麼朋友。

聽起來似乎是個相當難以應付的對手，不禁使我暗暗感到擔心，不過既然今天早上的事情錯不在我，相信只要誠懇地向她解釋，未必沒有轉圜餘地。

我一邊走一邊思忖著，不知不覺間已來到學生會辦公室的大門前，空調的冷氣從門板底下絲絲滲出。我敲了敲門，裡頭傳出應門的聲音。

「請進。」

我推開門，昏暗的燈光下，房間的最裡頭正有一個人伏在桌案上專心寫字。咦！這幅景象怎麼使人產生一種似曾相識的熟悉感？

「二年一班，姚子賢？」

學生會副會長黃之綾同學抬起頭來，用銳利的眼光打量著我。

「請坐吧。」

我依照她的指示，在辦公桌前的椅子上坐下，內心忐忑不安。黃同學將堆得小山一樣的公文推到一旁，拿起一疊資料，開始閱讀，坐在她面前的我就如同一個受審的犯人，戰戰兢兢。

「姚子賢同學，你知不知道校規禁止不當異性交遊？」

「這是一場誤會。」

黃同學的質問劈頭就切中核心，我連忙想向她澄清這事件的始末，不料剛開口，黃同學卻不耐地對我揮了揮手。

「不用解釋了，其實我早就知道一切梗概……姚子賢同學，你大概不知道學校裡有多少女生加入你的粉絲俱樂部吧！雖然這也不是你的錯，但還是要奉勸你一句，人紅是非多，以後做什麼事情都應該更加謹慎小心。」

我恍然大悟，「原來如此，黃同學當時那些舉動是為了幫我脫困。謝謝妳黃同學……那麼既然誤會解除，如果沒有別的事，我先走了。」

我鬆了一口氣，接著從椅子上起身。

「慢著。」

嚴峻冷酷的聲音再次響了起來，「坐下。」

黃同學發出一道教人無法違逆的命令句。我才剛向上挪起的屁股又乖乖地回到原位。

「誰說你可以離開的，難道你以為自己只觸犯了這一條校規嗎？」

我一頭霧水地望著她。

「姚子賢同學，為了維護學生的身心健康，除了異性交遊以外，我校校規還有另外一條規定。」黃同學頓了一頓，一字一句地說道：「禁止校外『不當』打工。」

「我不記得校規裡頭有這一條，況且很多人都在外面打工不是嗎，副會長？」

「你似乎沒有聽進去我說的話呢，我說的是『不當』打工。」

我的背脊隱隱約約有些發寒，不過外表依然裝作鎮定，「怎麼樣才算是不當呢？」

「別的情況我不知道，但是在放學後替邪惡侵略組織效勞的話，無論如何也不能稱得上正當，你說對吧？」

我大驚失色。

「妳、妳說什麼？」

「姚子賢同學，你是我校第一名，又是一個深得師長厚愛、同學信賴的資優生，我萬萬沒想到，品學兼優的你，竟然會偷偷摸摸地為黑暗星雲做事！」

我幾乎要從椅子上跌下來。這、這究竟是怎麼一回事？為什麼有人會發現這個祕密！我陷入了天大的危機。

「請妳不要含血噴人，要指控別人之前也該有證據吧！」

黃同學的目光亮了起來，「要證據的話，現在不就在你身邊嗎？」

「欸？」

「把你的手提袋打開來看看吧！」

「嗚！」我不自覺地發出了嗚咽聲，出了一身冷汗，因為厄影參謀的服裝與面具正被我藏在手提袋裡面，然而她又是怎麼知道的？

不管如何，我絕對不可能在她面前把它們拿出來，這豈不是自尋死路？我的心中一片混亂，卻找不出任何可以搪塞的理由。

似乎確信了自己的勝利，黃同學從座位上站起來，走近我身邊，低下頭來用更加咄咄逼人的目光直視著我。而我除了將書包與手提袋攥得更緊以外，什麼都不能做。

「怎麼了，為何不打開來證實你的清白呢？」

「我……我……」

我焦急得有如熱鍋上的螞蟻，卻無計可施。

黃同學看著我的眼睛已經瞇成一道直線，薄薄的嘴唇也抿得越來越緊，看似有什麼驚人的舉動隨時會爆發。

忽然，她噗嗤一聲笑了出來。

「哈，總算是有機會整到你了，厄影參謀。沒想到你也會露出這種表情，真是有趣。」

「怎麼回事？」我被她突然的行為弄得一頭霧水，「妳到底是誰？」

黃同學笑得連眼淚都流了出來，她擦拭著眼角的淚水，略帶歉意地看著我說：「抱歉啦，嚇了你一跳。嗯嗯，你難道真的還不知道我是誰嗎？」

我恍惚地搖了搖頭，就看見黃同學露出有些得意的神色。

「好吧，既然你領悟不出來，那……這樣子呢？」她掏出一副面具戴到臉上。

此刻我所感受到的衝擊，遠比先前被她揭破厄影參謀的祕密時還要更加震撼。

「冷、冷夜元帥？」

「噓！」冷夜元帥急忙伸出手來摀住我的嘴巴，「不要這麼大聲，會被人聽到的。」

我連忙把差點脫口而出的話語全都吞了回去。冷夜見我及時醒悟，於是將她軟軟的小手從我嘴上移開。

「……沒想到居然是妳。」我驚奇地說道。

「這句話應該是我要說的吧。」冷夜一臉不滿地瞪著我說，「厄影……不，姚子賢同學，你也太大意了吧，真不像你。居然就這樣把變裝用的道具帶來學校，萬一遇到意外狀況，被人發現你的祕密怎麼辦？這次幸虧是我恰好路過，才能幫你解圍，這樣的好運只怕不會再有下次了。」

我點了點頭，心裡又是感激又是愧疚。的確，這麼重要的事情，我處理的方式卻過於輕忽。在黑暗星雲打工這件事，不論讓任何一個人知曉，都免不了要釀成一發不可收拾的麻煩。

「真的十分感謝妳，冷夜……呃……」

「在學校裡面，你就直接叫我黃之綾吧，畢竟我們的另一個身分，最好不要讓任何人知道。話說回來，今天你不是應該排休嗎？怎麼又會帶著變裝服來學校？」

我苦笑一下，把幻象隊長拜託我的事一五一十地告訴她。

「幻象這小子，不管什麼麻煩事情老是有他的分，下次集會看我怎麼好好教訓他。」

「哈！」我輕笑一聲。

無論在黑暗星雲或是學校裡，冷夜元帥那股強勢的氣質似乎都無所改變。這麼說來，一早打開學生會辦公室時看見的熟悉感，不也正來自於她在黑暗星雲總是孜孜矻矻埋首於公事的模樣嗎？

「還真是沒想到，一直以來在黑暗星雲中共同相處的同事，居然與自己就讀同一所學校，難不成連幻象隊長也……」

冷夜瞪了我一眼，「到了現在你還想探究這種事？」

無論如何，幸好這位察覺到我祕密的並不是什麼可疑的傢伙，讓我鬆了一口氣。冷夜，呃不，是黃之綾同學，應該是個值得信賴的人。

「哎，黃之綾同學，雖然妳說得有道理，可是我往來於學校與組織之間，變裝的衣物不知道如何處理，也只好隨身攜帶了。」

「其實也不是沒有別的辦法。」黃之綾摘下面具，走回辦公桌的後方，對我招了招手，「這就是屬於學生會的特權，你看。」

我走了過去，看見辦公桌最下方竟然是一個附有密碼鎖的抽屜。黃之綾熟練地輸入密碼解鎖，抽屜裡頭居然擺著一套套漿洗過的冷夜元帥專屬戰鬥服裝，一旁還塞進好幾副蝴蝶面具。

我驚奇地看著這一切。

「連老師安全檢查時，也絕對不會進學生會裡面搜索，再加上這張辦公桌幾乎只有我一個人使用，所以在隱密度上用不著擔心。」她解釋道。

我大為讚嘆，擁有這麼方便的專屬空間，實在讓人看得好生羨慕。

黃之綾說道：「抽屜裡還有一些空間，你也把你的服裝拿來藏在這裡吧，至少比隨身帶著走安全。」

「咦，這樣好嗎？」

黃之綾表情奇特地對著我眨了眨眼，「這個嘛，就當作是……給你一個小小的優待吧。厄影……呃，不，姚子賢，就算在組織裡，對我來說，你也是最特別的一位……啊，我是說，畢竟過去你幫了我這麼多忙……」

霎時間，我會意到黃之綾所指的正是前一陣子萬智博士的那件事，沒想到她至今依舊耿耿於懷，我連忙搖搖手說：「妳太客氣了，夥伴之間互相幫忙是當然的。」

黃之綾輕笑，「是嗎？既然這樣，那我也可以這麼說。夥伴之間互相幫忙是當然的，你不妨就接受我的好意吧。」

我只好點點頭，在黃之綾的指示下，從手提袋裡取出服裝和面具，打算看看抽屜裡頭的空間是否足夠。

「喂！給我整齊摺好，沒想到你是這麼邋遢的人。」黃之綾對著我拿在手上的披風大皺眉頭，「我最討厭衣服像鹹菜乾一樣。」

「我平時不是這樣的，只是因為今天早上事發得太過突然，匆忙將衣服塞回袋子才會如此。」我辯解。

「我不接受辯解。」

……既然這樣，那我還真是無話可說了。

不過，我可沒有打算就這樣被她小看。

面對黃之綾投來的非難眼神，我不置一詞，將手上的披風抖了一抖，原本皺得像一團擤過鼻涕的衛生紙的衣物，轉瞬間展開改頭換面的工程。

投向我的不但是驚奇的視線，更還有讚嘆的輕呼。

上一秒如鹹菜般的披風，只消眨眼便化作有稜有角、工整平順的四方形，一絲皺痕都不帶。我將黃之綾塞在抽屜裡頭的衣服統統拿起，輕輕展開，幾經擺弄，它們現在看來簡直就可以直接擺放在服飾店裡的架子上展示給客人。

經過我的整理後，原本看似塞滿的抽屜，現在不但可以容納我們兩人的披風，甚至連擺放面具的空間也都妥善地預留下來，不必再與衣物搶地，一切有條不紊。

黃之綾瞪大眼睛，擠到我的身邊，一張俏臉上帶著難以置信又敬佩無比的神色，彎下腰翻來覆去地檢視著煥然一新的收納空間，這副模樣不禁使我有些飄飄然。

「我的天啊，你是在變魔術嗎？」

「這沒什麼，因為我常常幫姐姐整理衣櫃，所以還滿擅長折女生衣服的。」我謙虛地說。

這可不是我在隨意哄抬自己的身價，就像我早前說過的，我的人生夢想就是成為姐姐專屬的服裝設計師兼衣物搭配員，為此我可是煞費苦心，不但得時時掌握姐姐的身高體重，頸、胸、腰、臀圍最精準的數據同樣不可偏廢（以目測或趁姐姐睡眠時測量得出），就連手腕腳踝與大腿的粗細，也是絕對不能放過的重點。

說遠了。然而要成為終極的達人，必須達到一絲不苟的境地，在細心研讀各種時裝雜誌與居家整理寶典之後，我學到了摺疊保存各種女裝以及分門別類的技巧，我敢誇口絕對不遜於當代任何管家大師，因為我始終堅信，只有最頂尖的服務、最完善的品質，才能真正能配得上姐姐。

總而言之，平時的努力發揮了意料之外的效果，黃之綾左挑右揀，彷彿還不敢相信自己的眼睛。

「你到底是怎麼辦到的，真是太神奇了。噢，我不小心又把它們弄亂了！」

「哪裡，我再摺就好。」

我向黃之綾所在的位置湊了過去，不知不覺間，我們之間的距離靠得很近。

就在這時——

響起了一陣急促的敲門聲。

我們頓時驚惶大亂。

「快、快點關上！」黃之綾指著我手上的衣物大喊，「別讓人看到這些東西。」

這下子顧不得整齊不整齊了，我手忙腳亂地把衣服塞回去，可是，原本空間有限的抽屜，如果不是把衣服摺得平平整整的話根本無法關緊。砰！卡砰！我嘗試了好幾次，總是無法順利地關上它。

「你讓開，讓我來！」黃之綾硬貼到我的身前，粗暴地對付自己的抽屜。

「啊，小心！」

「哎呀！」

因為她的動作實在太過粗魯，一個乾淨俐落的肘擊直接撞在我的胸口，把我打得天昏地暗，一個吃痛便朝前倒了下去。

「報告，我進來啦！」

還不待裡頭的人允許，外面的人便擅自打開門，大剌剌地闖進了辦公室。

「報告副會長，我已經把一年級男廁統統掃好了，現在可以把我偷打棒球的事情一筆勾銷了吧……呃，副會長？」

一名頂著怪里怪氣髮型、看起來古靈精怪的學弟張著一雙骨碌碌的大眼望著我們。

此時他所看見的，正是重心不穩的我將黃子綾壓在辦公桌上的景象。

我們呆若木雞，百口莫辯

「嗯……原來是這樣啊，看起來您在忙，那我就……不打擾了。」

學弟一副覺得自己很會察言觀色的模樣，恭敬地點了點頭，然後一溜煙地退下了。

砰！大門再一次在我們面前關上。

什麼話都來不及說。

「姚子賢！你給我起來！」

首先回過神來的黃之綾咬牙切齒低喊著，我感覺手腕被人扣緊，她吃力地將按住自己胸部的我的手掌移走，總算回了點氣，這才把我推開。

「對、對不起，我不是有意的。」我連忙道歉。

黃之綾的臉色漲得像豬肝一樣紅，身體也激動地顫抖，就像一座即將爆發的火山。

我心裡做好了挨罵的準備，沒想到她忽然垂下肩膀，有氣無力地說：「算了，這也不是你的錯，只不過我一定要再找時間跟學弟解釋這個誤會。姚子賢，發生這種意外，你不必放在心上。」

「嗯，我知道。」

「雖然我很想再多跟你聊一聊，不過你的時間還夠嗎？」她敲了敲腕上的手錶。

我這才意識到，「喔，不好了，我還得去幫黑暗星雲開門。」

「去吧，不要遲到了，」黃之綾說，「下次有機會再來學生會泡茶吧！」

我點點頭，收拾好自己的書包與其他物品，向她告別，接著匆匆離開了學校。

嗯哼哼哼哼～哼哼哼～

「怎麼啦，姚子賢，心情不錯喔？」

呼啊！嚇了我一跳，姐姐搭著我的肩膀，忽然從我背後出現。

「邊炒菜邊哼歌呀？」

「啊，是啊，今天意外地遇到一位朋友。」

「遇到朋友可以讓你高興得想唱歌啊，難不成是女朋友？」

「才、才不是咧！」我囁嚅著說：「我的心底明明只有姐姐一個人。」

不過姐姐好像沒有聽到，嘻嘻笑著把手伸向鍋裡的青椒牛肉，不過不挑青椒，只揀了牛肉。

「嗚喔！好好吃喔！」我的後背被姐姐戲謔地拍了一下，「我家的大廚真不是蓋的喔！」

那是當然，我得意地挺起胸膛。就像先前曾說過的，我的夢想就是成為姐姐專屬的廚師兼營養調配員，為此……

「晚餐煮好了嗎？」

我才剛想像了一半就被人打斷，轉頭一瞧，媽媽不疾不緩地走進廚房，靠在門口旁邊，雙手環胸望著我們……實際上似乎是在盯著姐姐。

我的背脊因為媽媽方才的語氣登時一緊，隱隱約約感覺到空氣中瀰漫著一股不善的氣氛。

莫非……有什麼大事要發生了？

姐姐還是那副渾然不知人間險惡的模樣，開開心心地說道：「就快好啦，媽媽，今天子賢煮的牛肉很不錯喔，妳要不要嘗一口？」

「姚子實！」媽媽發出一聲雷霆暴吼。

姐姐「噫呀」一聲嚇了一大跳，哆嗦得把手上夾的好大一塊牛肉甩飛了出去。

哇啊！飛在空中滾燙的牛肉滴油差點濺到我的臉上，幸虧我用鍋鏟及時一擋，有驚無險地把它送回了鍋中。

「姚子賢，關火。」

媽媽冷冰冰地命令道，我只好照辦。這時就連遲鈍的姐姐也察覺到事態的變化，我們兩人神色緊張地望著一臉寒霜的媽媽，赫然發現媽媽手上那件讓人大喊不妙的事物。

「成成成成績單！」姐姐結結巴巴地開口。

姐姐就像看見死刑宣判般地望著那張紙，連我也嚇傻了眼，明明成績才公布不到一天而已，怎麼這麼快就寄到家裡來？

媽媽抖開姐姐的成績單，猶豫了一陣，像是在斟酌該如何開口，不過我想無論如何，等待在姐姐前方的恐怕都是一條絕望的道路。

「姚子實，妳看看妳，考這什麼成績？」出乎意料地，媽媽的語氣非常地平淡，彷彿是在談論天氣般平和，可是我跟姐姐都知道，這只不過是暴風雨前的寧靜，媽媽現在大概完全氣炸了。

「我我我我我……」姐姐語無倫次。

「我問妳，七百七十九減六百九十三等於多少？」

「等等等等等於……」

「這麼簡單的數學題妳還要算？」媽媽稍微抬高了音量：「我上次是不是說過，妳敢再給我考倒數一百名試試看？」

「啊，倒數一百名？可是媽媽，七百減六百……」

「姚子實？」

姐姐不敢答話了。

「看妳一回家就在玩耍，打電動看漫畫等吃飽飯上床睡覺，一個高三生整天混吃等死，嗯？姚子實，妳怎麼就沒有一點心思會想去主動念書呢？」媽媽咬著嘴唇，頓了一會兒說：「我看妳，去補習好了。」

「什麼？補習？」姐姐哀號著，「拜託啦，媽媽，我不要補習啦！」

「妳還頂嘴？讓妳自己念書，妳考這什麼爛成績？」

「可是去補習的話，我要怎麼保衛小鎮啊？」姐姐抗議道：「媽媽，我是英雄耶，我必須、必須要隨時準備好跟怪人戰鬥啊，小鎮和平的未來跟希望都掌握在我手裡了。」

「未來？妳先煩惱自己的未來再說吧！」

「媽，我說過我以後要當英雄的啊～」

「妳閉嘴！」媽媽大怒駁斥道：「不要再讓我聽到這種話，什麼英雄、創作家、寫小說，那都是你們年輕人天真的想法，我告訴妳，現實就是妳如果沒有考個好學校，拿不到學歷找不到好工作，以後出社會就準備餓死吧！」

「怎、怎麼這樣？」姐姐面色灰白地晃了晃身體，「讀書、讀書，你們大人就只知道叫我們讀書……」

「嗯？妳有什麼意見？」

媽媽質問的語調尾音上揚，結果姐姐忽然爆炸般地開口：「那我就去讀書好了！」

說完，姐姐怒氣沖沖地踱著腳步衝回房間，錯身的時候還撞到媽媽一下。

「喂！妳要去哪裡？」

「去房間裡讀書！」已經到了樓梯間的姐姐大聲回應道：「反正妳就只會要我讀書！」

「晚餐呢？給我留下來吃晚餐！」

「我不吃！」

咚咚咚咚咚，接著是一陣疾跑上樓的聲音。

我不知道該怎樣處理這個狀況，只見媽媽呆立在門邊，一滴眼淚似乎從她的眼角滑下，我訝異地眨了眨眼，那顆淚珠忽然又消失不見了，不知道是不是我的錯覺。

說實話，這頓晚餐吃得很沒有平常的味道……這並不是我少加鹽還是忘記調味，而是本來應該是四個人和樂融融在一起的餐桌，如今卻少了一個人的存在，實在很難令人習慣。媽媽一副食不知味地嚼著白米飯，爸爸也是什麼都沒有說，默默地把牛肉很少的青椒牛肉吃完。

晚餐結束後，我開始洗碗。這時媽媽走了過來。

「吶！姚子賢，把消夜帶上去給你姐姐吃吧。」

我低頭一看，是一大碗熱呼呼的關東煮，姐姐最愛吃的東西。

「這是……」

「你那個傻瓜蛋姐姐，總不能一整個晚上什麼都不吃吧！」媽媽撇了撇嘴說。

我默默地接過了消夜，接著媽媽又帶著我到樓梯間下頭。

她故意放聲大喊：「這些消夜就當作獎勵你這次又考了第一名，上去看看你姐姐，要是她手上沒有拿書拿筆，一塊也別分給她。」

話語剛落，上頭傳來姐姐賭氣的回應：「才不稀罕，今天晚上我就是打死都不會放下紙筆吃東西！」

「媽媽，妳跟姐姐要是有一個脾氣能夠不這麼拗就好了。」我無奈地對著媽媽說。

「還輪不到你來教訓我，上去！」

哎唷，結果我的屁股被媽媽狠狠地拍了一下。母命難違，只好乖乖拿著消夜趕快上樓。

二樓走廊一片黑暗，姐姐的房門緊閉，澄黃燈光從門板底下流瀉出來，我敲了敲門，靜候了一會後推門而入。

姐姐坐在書桌前面，看樣子是真的在努力。

「你來幹什麼？那個人派你來收買我？」姐姐語調不善地說著，看都不看我一眼。

我覺得好無辜。

「不要這樣嘛，媽媽其實還是很關心姐姐的。」在這一對性格倔強的母女之間，我必須成為她們重新修補關係的橋梁。在不刺激到姐姐自尊心的情況下為媽媽說盡好話，這真是一份艱難的挑戰。

「算了吧，反正，我又不像你那麼會讀書，在她心中，我不過就是個從垃圾堆裡撿來的小孩。」姐姐自暴自棄地說道，「整天一直念我，你倒是說說看，她真的關心過我嗎？」

開。

「……有啊。」

「什麼時候？」姐姐越說越激動，把桌上的課本一古腦兒地橫掃過來，嚇得我連忙挪身避開。

「如果她真的關心我的話，就不會不知道我這次有多努力準備考試了。」姐姐的話音之內隱隱出現了哽咽，「我每天都讀到很晚、很晚耶！跟怪人戰鬥回來，還沒什麼休息，就立刻被趕去念書。她都不知道我有多辛苦！」

「姐姐……」

「更何況，讀書對我以後保護地球根本一點用都沒有嘛！」

「姐姐，媽媽也是擔心妳，希望妳將來有個好出路。不過，妳不必擔心，我以後一定能夠考上頂尖學校，謀得一個好工作，照顧妳的未來。」我拍拍胸脯對著姐姐保證。

「哈哈，還是姚子賢你最好了。」

嗚哇，姐姐這句話實在讓我太受用了！姐姐、姐姐妳終於明白我的心意，我樂得簡直就要一鼓作氣飛上了天！

不過我依然沒有忘記此行的目的，趁著姐姐心情大好，我連忙接著她的話說道：「媽媽也是很愛護姐姐的喔，要不然她也不會買這些東西來慰勞妳。」

我奉上香氣誘人的消夜，想要利用無上佳餚一舉扭轉姐姐對媽媽的印象。

「哼，會有什麼好東西？」

姐姐嗤之以鼻地向我這裡探頭，想要看看我送來的是什麼。

「嗚哇，是關東煮！」

令人垂涎三尺的美食當前，姐姐眼睛登時一亮，不自覺地舔起了嘴唇。這下向來對口腹之欲毫無抵抗力的姐姐非得要被打動不可，太好了，看來事情就此產生了好的轉機。

然而姐姐猶豫片刻，卻始終沒有動作，我詫異地看她把頭縮了回去，專注盯向眼前的課本。怎麼會這樣呢？我坐立難安，難道姐姐真的打算什麼都不吃嗎？

「既然我都已經在她面前誇下海口了，今天晚上我就是打死都不會放下紙筆的。」

不、不放下紙筆，這要怎麼吃東西呀？可是無視於我慌張的模樣，姐姐彷彿吃了秤坨鐵了心，說不停筆就不停筆。

「啊～」

咦，什麼？

「啊～」

姐姐張開嘴巴，斜斜地瞪視過來。

我一時間不知所措，張大嘴巴愣愣地看著姐姐。

我們兩個就這樣張著嘴互相看了好一陣子，姐姐終於像是受不了似地青了我一眼，不滿地說：「你學我張嘴幹什麼，餵我呀！」

「什、什麼？」我有聽錯嗎？

「我可是『不能放下紙筆』的，你明白嗎？姚子賢！」姐姐再次強調，這次就連我也聽懂姐姐的暗示了。

既然雙手不能停止，姐姐唯一能做的就是張開她的嘴，這樣即使吃到東西，也不會違反她對媽媽的誓言。

所、所以說，現在就是我能夠親手餵食姐姐的大好機會！莫非我是在做夢？我急忙捏住自己的大腿，嗚哇！好痛！不是在做夢。

我戰戰兢兢地端起碗，呃呃，連手都在抖，但是滿心等待著我餵食的姐姐早已迫不及待，張大著嘴巴就好像巢裡的雛鳥一樣。我夾起一塊燉得爛透的白蘿蔔，忐忑地送進姐姐嘴裡。

姐姐以非常可愛的樣子一口吃下了蘿蔔，可是旋即，她的一張俏臉漲成緋紅。

「嗚嗚嗚嗚嗚！」鼓起兩邊腮幫子的姐姐發出了含糊不清的嗚咽喊聲，氣急敗壞卻又梨花含淚地看著我，那副模樣著實惹人憐愛。

等等，現在不是對姐姐感到憐愛的時刻啊！

「姐姐妳怎麼了？」我一下子被嚇得六神無主，慌了手腳不知該如何應對，但是看見姐姐不斷用眼神示意向我的雙手，我連忙把手伸到姐姐嘴邊。

「哇啦！」姐姐朝我手上吐出了稀爛的蘿蔔，這時候我才知道發生了什麼事情。

「燙死我啦！」姐姐發出哀號，像小狗般地伸出發紅的舌頭，拚命喘氣。

「嗚哇，是我不好，沒有注意到，姐姐對不起！」

我像是要哭出來似地不停向姐姐道歉。

「呼呼～呼呼～姐姐，這樣有沒有比較好？」

我對著姐姐的舌頭用力吹氣，希望能夠幫助她消減一些疼痛。

「天啊，姚子賢你要害死我呀？」

「對不起嘛，姐姐，我一定會更加注意的，嗚嗚……」

「好了啦，不要再哭了，姐姐沒有要怪你的意思啦……嗯，那不然，接下來我們吃黑輪好不好？」

結果居然變成姐姐反過來安撫我了，不行！姚子賢，被燙到的明明是姐姐，你怎麼可以這麼窩囊？

我告訴自己，必須堅強起來！

我吸了吸鼻水，擦去眼淚，「來，姐姐，我們繼續來吃吧！」

這次我很仔細地在餵食姐姐之前徹底吹涼食物，姐姐也一副期待的模樣閉上雙眼，然後張開嘴巴。

我小心翼翼地把黑輪送進姐姐嘴裡。

「唔，唔嗯，唔唔～」姐姐也覺得很美味似地享用黑輪起來，先是輕舔幾口，再來吸吮外表吸附的湯汁，接著輕輕咬下一口薄片，細細品味那彈牙的觸感……

看著姐姐十分享受的表情，我也察覺到身體裡頭有一股異樣的感覺迅速地膨脹起來。

——成就感！

暖洋洋的熱流強烈地衝進我的四肢百骸，原來當我成功地讓姐姐吃到一頓美味餐點時，竟是這樣地快樂！這份興奮感就像一劑強心針，敦促著我將更多更好吃的東西餵給姐姐，於是我一筷接一筷，姐姐一口接一口，很快地我們就通力合作將整份關東煮都吃完了。

「呼～真是好吃。」姐姐摸摸撐得飽飽的肚皮，「這下又有力氣繼續努力。」

「那就好。」我點點頭，「我就不打擾姐姐念書囉。」說完我拿起空碗，正當我剛走到門口的時候——

「姚子賢。」

「嗯？」

「……幫我跟媽媽說聲……謝謝。」

我微笑，輕輕帶上房門。

PRODUCTION

姐姐是地球英雄，弟弟我是侵略者幹部

03 選舉之秋、侵略之秋

「姚子賢，最近你最好不要單獨一個人去走廊喔。」

我收拾著書包，結果小千忽然這樣子告訴我。

我抬起頭來，納悶地望著小千。

「怎麼了嗎？」我問道：「難道是我得罪了什麼人？」

小千無奈地指指教室後面的布告欄，「學生會長選舉就快到了，最好不要落單。」

我聽得一頭霧水。

「喔，對了，我忘了你去年這個時候都在請假。」小千搔了搔頭，「也難怪你不知道。」

「對啊，去年這時剛好我媽公司舉辦員工旅遊，我跟媽媽去了馬爾地夫的海灘，爸爸留在家中照顧生病的姐姐。我跟妳說，我還記得在海灘上我第一次看見女生穿比基尼，可是啊，我覺得那些女人的身材完全不能跟姐姐相比，姐姐那從未在眾人面前展現的曼妙身材，如果搭配上白下藍的最新潮款式——雖然我並非吝於跟別人分享姐姐的美麗啦，但我還是……嗚喔！」

「夠了，你住口！」

我被小千敲了一記栗爆，嗚嗚！

「我才不想聽你說這些屁話，你只要記得，我們學校裡頭有些傢伙對選舉瘋狂的程度，可是連候選人也無法控制的。我話講完啦，愛聽不聽隨你！拜拜，我要去社團了。」

小千俐落地把書包往肩上一甩，瀟灑地快步離開教室。

這些神祕莫測的話令我百思不解。我聳了聳肩，自己一個人鎖門。

我將鑰匙歸還給辦公室後並沒有馬上離開校園，今天必須去黑暗星雲打工，我得去找黃之綾拿厄影參謀制服才行。

話說回來，黑暗星雲已經有好一陣子沒有推出新的侵略怪人了，上一次怪人「泉烏賊」失敗之後，至今也未曾聽說過更多的消息。

雖然泉烏賊的必殺技對穿戴面具的繁星騎警毫無威脅性，所以可以不必理會，然而這並不表示其他怪人不具有危害姐姐的技能。因此，無論任何風險我都必須在第一時間內予以排除，如有必要，我甚至不惜潛入實驗室，偷偷竄改數據或調整怪人的裝備。

總而言之，姐姐的安危絕對是我最上心的事。

時序邁入深秋，秋老虎的威力似乎一點也沒有減弱的跡象。

通常正常人大多只想要快快進入清涼的冷氣房，期盼能稍稍減緩外頭的熱力，可是對於某些人來說，秋老虎的熱力非但不是阻礙，反而被他們以遠勝豔陽十倍的熱情加以挑戰。

我原本正輕快地朝向目的地行走，剛穿過走廊轉角，大地忽然震盪了起來，遠遠聽到前方傳來高亢激昂的喧譁聲。

隨著那些聲音逐漸靠近，走廊上落單的學生們都露出驚慌失措的表情。

「完蛋了，是競選遊行隊伍！」

「是獵人頭部隊，快逃啊！」

學生們彼此警告，只見一群搖旗吶喊的身影慢慢地從走廊盡頭出現。

咦，咦，到底是怎麼一回事？

「二號黃之綾，黃之綾，學生會長選舉，懇請支持二號黃之綾！」

「糟糕！」想起小千的忠告，我大感不妙，立刻準備轉身，可是反方向處也出現了一支喊著嘈雜口號的隊伍。

「請支持一號候選人郝誠實，您最值得信賴的候選人郝誠實。」這些人的音量與前方的隊伍相比毫不遜色。

「我們被包圍了！」身旁的同學絕望地大喊。

走廊前面的隊伍彷彿示威般地陡然提高了嗓門：「學生會長，票投二號，不投你會後悔！」

「郝誠實，形象最清新，能力最優秀！」後頭的人一副絕對不想輸給對方氣勢般地吼了起來。

就這樣，兩票人馬散發著就連高照的豔陽也要自嘆弗如的熱情，聲嘶力竭地在放學後煽動起更加熾熱的秋日氣氛。

「快點，衝上去搶票啊！」

「不要輸給對方，一定要拉攏到更多票源，同學們，不要想走，你們一個也逃不掉！」

這些人完美詮釋了專屬於青春的狂熱以及奔放，如此熱情理應教人感動，然而實際情況卻是，包括我在內的學生們忍受不住溫度及噪音的雙重衝擊，開始變得頭暈腦脹。

身邊的同學「嗚哇」一聲倒了下去，等等，他剛剛嘴裡噴出的是鮮血嗎？我看見有人噴出了深紅色的東西！

無數禁受不住折磨的同學一個接一個口吐白沫，陣亡倒地，最後我赫然發現整個走廊上只剩下我一個人。

「同學，票投黃之綾！」

「同學，支持郝誠實！」

兩邊人馬在一瞬間目放精光，加足馬力一齊朝著我衝來。

「是全校第一名姚子賢，大家上啊，絕對不可以放過這麼好的戰力！」

「殺啊！給我殲滅那群選錯邊站的鼠輩，一票都不能留！」

「順我者昌，逆我者亡！」「別人的失敗就是我的快樂啦！」「誰啊，喊錯臺詞了吧？」

兩方人馬如同天龍地虎般挾著強大威勢撲向彼此，氣勢之強，彷彿當場就可以狠狠地把夾在中間的我消滅。

正當我臉色發白，完全不知如何是好之際——

我身後的教室門突然打開了。

一隻手拎住我的領口，輕輕把我拖了進去，大門在我眼前迅速關上。

最後一絲視野中，我看見兩方人馬帶著驚天動地的氣勢陡然交會在一起，然後又是「砰」的另一陣更大的聲響。門外擂鼓震天，鬼哭神號，風聲雷雨，金戈囂動，戰馬狂嘶，傷亡的哀號不絕於耳，我不禁悲痛地摀住耳朵，揣想那外頭的廝殺究竟是多麼慘烈？

不過此刻在這教室……不，應該說是學生會辦公室內，彷彿門外一切的暑氣以及雜鬧都被隔絕了——呼，真是如獲新生！沁涼的冷氣和寂靜的氛圍，使得這裡簡直就像人間仙境。我得救似地拍了拍胸脯。

坐在辦公桌後面的黃之綾有些好笑地看著我。

「沒有人教你這個時節最好不要單獨在學校逗留嗎？」

我輕咳一下，企圖掩飾失態。

「沒想到一純高中這麼快又到了選舉的季節。」

「是啊，現在是整個校園最亂的時刻，千萬不要落單，也不要四處亂走，小心會有生命危險。」黃之綾一臉正經地警告我，一面說話一面從抽屜裡頭翻找出厄影參謀的披風。

我接過黃之綾拋擲過來的披風，卻不急著把它穿上，「不過外面的競選團隊正交戰得如火如荼，他們的候選人卻坐在這裡，好像完全不干她的事，這不是很奇怪嗎？」

黃之綾哼了一聲，沒有回應。

「沒想到妳竟然會參加今年的學生會長選舉。噢對，我都忘了妳本來就是副會長。」我打趣地說道：「該不會由內而外掌控一純高中正是妳構想出來的戰略吧？冷夜元帥，如果真的是這樣的話，那我不得不說，妳可真是個天才呀！」

聽完我的話後，黃之綾的臉色卻突然變得不悅起來，冷冷地說道：「看來你什麼都不瞭解，才會說出這種話。」

咦，難不成我說錯什麼了？我錯愕地看著她。

「你以為我是自願參選學生會長嗎？」

「欸，這話怎麼說？」

黃之綾抬頭望了一眼緊挨走廊的那面牆，似乎盼望穿透牆壁看見外面混亂的場景，不過這堵牆這麼厚，還是用濁色的霧玻璃窗，這種事情想當然不可能發生。

「我只不過是被他們硬拱上去的，要是經過了一年，學生會連個像樣的候選人都提不出來，會令部分成員覺得很丟臉。」

「原來妳是被逼著做的，所以妳其實並不想參選囉？」

黃之綾遲疑地搖了搖頭，神情有些掙扎，「我不是很清楚……說實話，我並不討厭為大家服務，只是……在這次的選舉中，我找不到為何而戰的理由。」

原來是摸不透自己的內心……我聽了下意識地點了點頭。結果就在這時，黃之綾忽然轉過頭來注視著我，「姚子賢，你怎麼想？」

我被她突如其來的問題嚇了一跳。這種問題，既然她這個當事人都不能解決，問我這樣的外人豈不是徒增困惑？

不過我依然輕聲回答：「如果妳覺得痛苦的話，那乾脆對大家好好說明，然後直接放棄，不是比較好嗎？」

黃之綾頓時露出略失望的表情。

「很抱歉，但我只能給予妳這樣的建議。」

「不，是我太強人所難。只是，事情要是真的能夠那麼簡單就好了。」黃之綾樣子有些苦澀地別過頭去，「姚子賢，你知道我的父親是誰嗎？」

我當然不知道。

「是誰？」

黃之綾說出了一個名字，我忍不住嚇一大跳。

「原來妳是鎮長的女兒！」

「我們家族代代都是政治世家，我爸是鎮長，我媽是地方社團理事，我的哥哥們在政府機關當要員。」黃之綾淡淡地說：「要說的話，連我家的狗都是軍犬退役呢！」

……果真是滿門忠烈啊，這家中連最小的女兒都可望角逐一純高中學生會長寶座（還順便成為某邪惡侵略組織的領導幹部）。

我佩服地說：「生在這種家庭，也難怪養成妳對政治的興趣，所以妳是自動自發加入學生會的囉？」

「一點也不。」她皺起的眉頭讓我馬上知道自己說錯了話，「事實上，我單純只是受到前任學生會長的理念吸引才加入學生會的，跟我的家庭一點關係也沒有……不過，我想多少還是有些影響吧，例如在這次的選舉上面。」

「咦？」我睜大雙眼，有些弄不懂她話語中的意涵。

「我從懂事開始就被家人當成政治精英培養，我們家的人在就學期間，要不是自治組織幹部，要不就是社運團體領袖，毫無例外。」黃之綾彷彿是在自嘲般地說：「所以，當我爸知道我被推舉為候選人，他說什麼也不可能讓我退出這場選舉了。」

「為什麼？」

「他希望我能夠藉由這次選舉累積我的政治經歷，好為日後躋身政壇做足準備，高中時期的學生會長頭銜，是個很有力的政治資產。」

我看見黃之綾臉上閃過一絲落寞，於是問道：「可是如果妳無心於此，難道不能跟妳父親溝通嗎？」

「我們家裡的每個人，都是這樣走過來的。」她幽幽地說道：「更何況……從小到大，我連一次也沒有違背過家族的意願。」

「噢……」我點點頭，思索著她方才所說的那些話，忽然有什麼在我心中漾起漣漪。

「唉，我為什麼要跟你說這些事情呢？」黃之綾無奈地揚起嘴角，「說了這麼多，但我想你還是不會懂的，也許這只是我還不夠堅強，才想找個人撒嬌……」

「不，不是這樣的。」

我一開口，黃之綾便訝異地抬起頭看著我。

「妳的心情也許我不能體會，但我可以想像得出來。」

因為我身旁就有這樣的人。

我想起了姐姐。

「像妳一樣，一出生就背負著難以想像的重責大任，卻毫不逃避地面對自己的命運，再辛苦也從來不曾放棄，儘管有感到迷惘的時候，但是依然比任何人都更加勇敢。」

「啊……」黃之綾驚嘆一聲，過了一陣子，她望著我，語氣中充滿試探：「那麼……我可以問你嗎，姚子賢，在你心中，是怎樣看待這種人呢？」

咦，這個問題！

「……當然是我最愛的人囉。」

真是的，居然直截了當地問我對姐姐的看法，這教我怎麼好意思在外人面前說出口呢？然而黃之綾聽到了我這番話語，不知為何居然羞紅了臉頰，撇過頭去。

「嗯嗯……原來……你心裡是這樣子想的呀……」她支支吾吾，聲音越說越細不可聞，就這樣坐在座位上躊躇了一陣，許久後才抬起頭來，詫異地看著我說：「喂，現在幾點了？」

我看了一看手錶，大驚失色：「不好了，打工要遲到了。」我連忙收拾好東西，可是黃之綾卻站在那裡不動。

「妳不跟我一起去嗎？」我回頭問她。

黃之綾搖搖頭，「選舉近了，這段日子實在太忙，我已經向大魔王陛下請了個長假。」

「妳明明身為侵略組織的幹部，為什麼還對日常生活的事務這麼用心呢，這樣豈不是很矛盾嗎？」

「這是兩碼子事。」黃之綾不太高興地嘟著嘴，「我只是覺得，無論哪種身分，都應該認真地做好當下的自己。不管是黑暗星雲的冷夜元帥，還是學生會的副會長黃之綾，我都會全力以赴，因為這就是我的信念。難道不是這樣嗎，姚子賢，難道你沒有信念或是任何重視的事情嗎？」

「我嗎……」我說，「我當然有。」

我最重視的當然是姐姐，為了姐姐，就算赴湯蹈火，我也在所不辭。

「那我說的話你一定能夠理解吧。」黃之綾說道：「黑暗星雲那邊，就拜託你了。」

「唔，喔，這個……」

我支支吾吾地開口，卻看見黃之綾充滿期盼的眼神，不知為什麼，我實在不忍說出拒絕的話語。

「包在我身上。」

黃之綾滿意地點了點頭。

我也向她點了點頭，然後打開門扉。

門外荒煙漫草，場景淒涼，旌旗落魄，風聲蕭蕭，夕陽西墜，倦鳥歸巢。我跨過遍地都是伏臥英雄的悲悽戰場，一隻枯瘦的手伸過來握住我的腳踝，呢喃著：「同學，學生會長，票投……」

他氣一哽，就再也說不下去了。

我感到唏噓不已，帶著些許淒涼的神色，慢慢地離開這秋風瑟瑟的校園。

沒有冷夜元帥坐鎮的黑暗星雲，就連基本的運作都產生了困難。

當幹部們坐定位，準備開始開會之際，卻發現向來位在中央的主席請假未來，前所未有的驚慌與不安立刻席捲眾人。

「有人知道我們今天開會要討論什麼主題嗎？」

「冷夜元帥沒有來，零食跟飲料的公費要向誰請款？」

「廁所的電燈開關在哪裡？」

幹部會議上一團混亂。

「真是不妙。」我說，「冷夜一不在，好像大家都不知道該怎麼辦了。」

「嘿！這幫廢物。」幻象隊長一臉不悅地看著宛如一盤散沙的同事們，「現在終於知道學姐的重要性了吧？」

我苦笑了一下，搜尋人群，卻注意到另一名缺席者，「萬智博士也不在嗎？」

萬智博士是黑暗星雲中專職研發侵略怪人的天才科學家，雖然性格有些小孩子氣，但是他的科學能力遠遠超過地球人類的水平，與冷夜元帥可說是黑暗星雲中的兩大支柱。

「博士嗎，他說他要進行更強力怪人的研究，所以暫時閉關。」

「原來如此。」

我們轉頭繼續看著這一片混亂。終於，幻象隊長沉不住氣了。

「學長，你是學姐最信賴的人，我們就不能做點什麼事嗎？」

我嘆了一口氣，「我又能怎麼辦呢？」

說來可笑，我本來就是為了保護姐姐才加入黑暗星雲充作內應，如果黑暗星雲這陣子能夠稍微安分一點，那對姐姐來說當然是件好事。

幻象隊長一臉不贊同：「學長，學姐不在，我們身為她的朋友，就有義務要維持這個組織的運轉，不讓它分崩離析才對吧！」

「幻象隊長，你什麼時候變得這麼熱血了？」

「學長，我們一同經歷過萬智博士事件耶，我們是同生共死過的夥伴，夥伴喔！」

然而幻象隊長口中的夥伴，卻曾經以記過威脅他刷洗學校全一年級的男廁。只不過，這些話我也只是在腦中轉轉而已，並沒有真的對幻象說出口。

「學姐一向把事情安排得井井有條，她請假前不可能沒有留給代理人任何指示。你有什麼頭緒嗎？」

我聳了聳肩，表示一無所知。

「或許在她的位置上可以找到什麼。」

經過我這麼一說，幻象隊長一副這才赫然想到的表情，「那我們還等什麼？」

我們望向冷夜慣常的座位，也就是會議桌的主位。如今在每個人互相推諉主席的責任之時，空蕩蕩的座椅倍顯落寞。

我們立刻著手搜尋冷夜的座位，心想也許會找到些什麼線索。

「有了！」幻象隊長興高采烈地指著桌上的光碟片，「你看，這會不會就是學姐給我們的訊息呢？」

「這麼容易就找到啊？我看看……奇怪，這張光碟擺在這麼顯眼的位置，怎麼都沒有人注意到？而且上面什麼標籤都沒有，以冷夜做事一向細心的風格來看，實在很不尋常啊。幻象，你有沒有什麼頭緒？」

「頭緒？學長，你的腦袋比我好，你都不知道了，我哪會知道啊？更何況，跟學姐比較親密的不是一直都是你嗎？還記得上一次在遊樂園裡面，你連她的胸都……」幻象隊長瞇起眼睛注視著我。

不要再提到那些意外了！

我輕咳了幾聲，馬上轉移話題，「算了，不談這個了，我們趕快來看看這次作戰的相關訊息吧！」

我和幻象手忙腳亂地操作起投影機，接著又花了好大一番工夫使會場安靜下來。機器發出低沉又厚實的運轉聲，開啟了衛星螢幕。

「喔？這是？」

眾人驚嘆出聲。

螢幕出現在一間裝飾得頗為豪華的房間之中，除了在四邊警戒著的怪人以外，房間正中央坐著看起來相談甚歡的兩人。而其中一人的身分更是大家很熟悉的對象。

「是一純鎮長。」在我身邊的幻象隊長輕聲地說。

機器嗄嗄運轉，一道機械式的女聲生硬高揚地流瀉了出來，卻不是冷夜的音色。

「各位所看到的就是執行這次侵略行動的怪人。此刻我們正從怪人『變色龍』的視角監控房間裡的一切。」

隨即畫面上的左下角，顯現了應當是怪人變色龍的照片，可是那張照片上卻怎樣也看不出任何東西來。

「變色龍不但擁有改變身體膚色的本領，還能飛簷走壁，目標的一舉一動，都逃不過他的掌控。」

視點慢慢改變，站在窗邊警戒著窗外的怪人擁有巨大的螯足，身上披戴著宛如美式足球員般厚重的盔甲，那壯碩的身材即使在黑暗星雲的歷屆怪人中也是首屈一指。

「怪人『帝王蟹』是專司戰鬥的怪人，他的螯足能夠輕易夾碎一臺挖土機，還有即使對坦克車用的穿甲彈也無法打破的外殼。」

視角再度移動，當影像轉到那為房間中央兩人端茶倒水的怪人身上之際，整個會場裡的成員瞬間暴動起來。

「嗚哇！是貓娘啊！」幻象隊長一臉色欲熏心，瘋狂吹著口哨。

「怪人『巫術貓』。」女聲不受會場內各種口哨、高喊跟猥褻告白宣言的影響，仍然慢條斯理地繼續介紹。

出現在眾人眼前的是一位容貌甜美姣好，身材前凸後翹，氣質極為嫵媚的女性怪人，而且她的頭上長著一對貓耳朵，屁股後面也連著一條動來動去的貓尾巴。

「巫術貓對雄性人類會產生無比強大的魅惑效果。」

「喵～」

女聲說完，巫術貓舉起一隻手模仿招財貓的樣子，對著鏡頭打了個招呼。

場中又是一片「嗚哇！我快萌死啦！」的尖叫聲。

不知是不是我的錯覺，總覺得女聲在講起巫術貓這一段時似乎特別不屑，甚至還使用「雄性人類」來取代一般的用詞「男人」。

不過當我看向會場裡面自動自發組織起來，戴著「貓娘本命」白頭巾跟紅白相間追星族小背心的「大一純巫術貓後援會」團體的身影，終究不得不承認機械女聲的觀點十分正確。

但坦白說，我一點也沒有被這名怪人所誘惑。

「還差姐姐那麼一點。」我喃喃自語道，忽然間想到了一個問題。

「為什麼巫術貓的魅惑對我沒有用呢，妳能說說看她的原理嗎？」

女聲遲疑了一陣，接著解釋：「並沒有什麼特別的，只是根據研究，沒有任何男人能夠抗拒有著貓耳朵跟尾巴，還會對你喵喵叫的貓咪少女罷了。」

「噢。」我有些失望。

鏡頭繼續移轉。

「怪人『冠獼猴』，是腦域特別發達的怪人，擁有接近國家研究院士級的高智商以及分析情勢的本領，專門煽動目標，將其轉化為我們的同伴。」

當影像來到這名有著可笑的超大腦袋的猴子怪人身上時，會場中頓時傳出此起彼落的失望嘆息聲。

「還我巫術貓！」男人們叫喊著。

女聲沒有理會眾人的鼓譟，「冠獼猴獨特的幻術效果，能讓目標以為他是個值得信賴的紳士，其他怪人在他的能力範圍裡也會變成正常人類的模樣，方便我們與鎮長展開接觸。」

變色龍緩緩地向冠獼猴與鎮長靠去，畫面上的兩人看起來相談甚歡，不過鎮長肯定看不見冠獼猴那副抓耳撓腮的模樣吧，在他眼裡，面前這人應該是位衣冠楚楚的老紳士。

「嘿嘿！鎮長，您的光臨真是使寒舍蓬蓽生輝。」

「哪裡哪裡，黑星企業的董事長，這邊才要請你多多關照。」

兩人虛偽地笑著，狀甚親暱地握手，幾個紅包就在不知不覺間悄悄轉移。

「關照是不敢，只是有發財的機會，在下無論如何不會藏私。特別是選舉就快到了，鎮長大人應該正為了籌措經費和宣揚政績而發愁吧？」

「唔……」鎮長的臉色十分難看。

「在下已經幫鎮長想好解決之法了。」冠獮猴鼓動三寸不爛之古，煞有介事地說道：「其實呢，最好的辦法就是展開許多項大型的公共建設工程，這不但是顯而易見的政績，更能從中撈取不少油水。本公司早已準備好多件企劃案，就等著鎮長首肯。」

「這個主意甚妙！」鎮長的嘴角愉快地咧了開來。

可惡，作為小鎮的公僕，這個人竟然如此昏庸？

然而得意了沒多久，鎮長卻又換上一副愁容滿面的神色，「但是，一純鎮只是個地方小鎮，基本建設也很充足，早就沒有什麼可以開發的地方了呀。」

「這個您不必擔心，就算現在沒有，並不代表我們將來無法製造出來。」

「製、製造？」鎮長的神情顯得非常訝異。

「您等著看吧。」冠獮猴神祕莫測地敲了敲自己的手背，「近期之內，一純高中就會出現需要大幅修繕的機會，到時候就是鎮長您好好表現的時刻了。此事天機不可洩漏，恕我不能再多說。」

冠獮猴搖搖頭，阻止鎮長繼續追問下去。

兩人的對話到此結束。螢幕暗淡下來。

眾人默默無語，也許是一下子接收太多資訊所致，會議室中盤旋著一股莫名的氣氛，讓人不禁想要嚥下口水，緩和心臟劇烈跳動的衝擊。

幻象隊長用手肘撞了撞我的手臂，暗示希望我能夠先說些什麼。

「感謝妳的解說，可是我有一個疑惑。妳是否能夠解釋剛才冠獼猴提及的計畫，說明一下近期內一純高中將會發生什麼事情？」我只好率先打破沉默。

「這個……」女聲支吾了起來，「此事是最高機密，恕難奉告。」

居然還有這種事？我狐疑地挑了挑眉毛。不管怎麼說，現在聚在此地的我們不就是黑暗星雲的最高幹部嗎？到底還有什麼計畫是不能向我們報告的？

然而我還沒來得及提出我的疑問，女聲就繼續開口了：「各位無須擔心，本次的計畫萬無一失。『黑星建設公司』得到公共工程的承包之後，將會以偷工減料的方式執行這些工程，有效地危害鎮民的生命財產安全，並且，利用超高科技的建築技術，還能設立密室作為組織據點，最後再運用收受回扣來斂財，可說是一舉數得。」

這一番話說得我背脊發寒，多麼周密的計畫啊！我暗暗咬起了嘴唇，這麼可怕的謀略，到底姐姐……不，是繁星騎警能不能應付呢？

「如果各位沒有其他疑問，那麼此次的通訊就暫時到此為止。」女聲接著說道，語氣裡似乎帶著一股疲憊，「倘若接獲後續消息，我將再向各位報告，無須擔心。」說完，擴音器中傳來一陣訊號中斷的雜音。

一股異樣的感覺頓時襲上我的心頭。

她說「我」？這是怎麼回事？這個負責報告的聲音，難道不是電腦系統虛擬出來的嗎？一個程式怎麼可能擁有自己的人格？

我想起方才與這個女聲近乎對話式的交談，產生了濃濃的疑惑。這次執行計畫的那些怪人，身上似乎也隱藏著祕密，或許事情沒有那麼單純。

假使沒有調查清楚的話，不知日後繁星騎警與他們交戰之際，會不會遭遇到危險？我暗暗告誡自己，這件事必須更加留心才行。

雖然通訊已經結束，可是會議室內的氣氛依舊低迷，幻象隊長神色凝重地看著會場中失魂落魄的同事們，每個人都抱著胸口，低頭不語。

只聽他們緩緩開口：「啊，好想再見貓娘一次啊！」

砰！一聲劇烈的撞擊聲響陡然充塞整個會議廳，原來是幻象隊長把臉撞到了桌上。

我結束打工，身心疲憊地回到了家。

然而一開家門，迎接我的卻是一幅意料不到的景象。

這是怎麼了？我錯愕地心想著。整個客廳昏昏暗暗的，一盞燈都沒有開。

匡啷！

什麼聲音？

許多種可能性在我腦海中不斷迴旋，最後下了最有可能的結論。該不會是遭小偷了吧？

我摸索到電燈的開關邊，啪的一聲迅速打開。

隨即，客廳裡頭傳來一聲慘叫。

「嗚哇！」

是誰？啊！我立刻辨識出來，這聲慘叫居然是姐姐的聲音。

難不成真的是小偷？該死，莫非是竊財劫色？

卑劣的闖空門者沾沾自喜地進入自以為空無一人的居家，竊盜得手後卻意外被回到家的屋主女兒撞見，接著發現姐姐的閉月羞花、花容月貌、麗質天生、傾國傾城……忍不住生起齷齪的色心，滴下噁心的口水，要對姐姐伸出無情的魔手。

姐姐有危險了！我一定要保護姐姐！

「姐姐不要怕，我立刻來救妳！」我大呼一聲，旋即義無反顧地衝向聲音的來源，也就是電視機前面的沙發。

喝啊！我勇猛地躍起，跳過沙發椅背，使出一個猛禽撲地式，準備將那無恥的犯人繩之以法（如果他真的動到冰清玉潔的姐姐一根寒毛，我會毫不猶豫地把他大卸八塊）。就在這時——

「呀啊！」

沙發後面除了驚慌失措、看似剛清醒過來的姐姐，什麼人都沒有。

可是向下撲墜的勢道早就無法止住，我騎到了衣衫不整的姐姐身上，兩隻手就這樣直接地抓住了她的胸部。

哎呀，好柔軟、好溫暖的觸感。

讓人忍不住想再多揉幾下……

慢著，現在不是沉溺於舒適觸感的時候吧！

我緊張萬分（實際上也是錯愕不已）地對姐姐問道：「怎麼了？那個侵犯妳的壞人呢？」

姐姐又羞又怒地紅著一張臉，櫻桃般小巧的嘴巴嘟了起來。

「那個壞人就是你啦！臭姚子賢！」

砰！

哎唷，我的腦袋立刻挨了一記栗爆。

我搖搖欲墜，不，是已經被擊墜，就這樣整個人跌到了沙發與茶几之間。

我的視線裡找到了剛剛發出匡啷聲響的東西，原來是那支一直都放在沙發上的電視遙控器，大概是被睡夢中的姐姐給踢下來的吧。

「姐姐，妳怎麼會睡在沙發上啊？」

明明被揍下了沙發，臉頰還被姐姐像踢落水狗般多踹了好幾下……要是可以繼續被姐姐踢的話，我個人不介意再多落水個幾遍，不過現在好像不是做這種多餘考慮的時候。

「哎唷，人家上課回來很累嘛！話說你不是要打工嗎，怎麼這麼早回來？」

「因為今天打工的事情比較少，想說先回來做飯。」畢竟，這次的作戰並沒有需要我們陪同怪人出擊，「可、可是，妳怎麼會穿成這個樣子呢？」

我說這句話的時候忍不住心想，是不是要捂著口鼻比較好呢？嗚哇，感覺血液都瞬間衝上腦袋了！實在讓人頭暈腦脹，這種時候馬上蹲下來是比較好的做法，可是用這種姿勢跟家人說話也太奇怪了。

姐姐現在的模樣讓人忍不住想多看幾眼，但看了以後又覺得真的太害臊了，不知道是被踹得發腫還是別的什麼，總之我的整張臉彷彿都快要燃燒起來。

我一一拾起散落在沙發附近的衣服，依序是鞋子、襪子、髮圈、百摺學生裙和短袖上衣。也就是說，現在賴在沙發上、慵懶至極的姐姐，唯一還穿在身上的只有內衣跟內褲而已！

姐姐會變成這副模樣的原因，恐怕是因為熱過頭了吧！

電風扇呼啦啦啦啦～地不停吹著姐姐的身體，可惡，我好想變成那道風，不然的話至少也想去聞……哎我在說什麼呀我。

「姐姐，妳穿成這樣，萬一被媽媽看到了，豈不是會又要挨罵了？」

我慌慌張張地說，姑且不論家裡有沒有別人在，要是媽媽看見這幅光景肯定是要大發雷霆的。

大概也是覺得這個模樣有些不妥，姐姐一邊接過我遞過去的衣服，一邊穿上，但是還是說：

「放心啦，媽媽不會管我的，那個，你忘記啦？」

忘、忘記了什麼？我發誓我絕對不是因為光顧著看姐姐的模樣而沒辦法思考。

姐姐繼續說：「你去看餐桌上面的紙條嘛！」

奇怪，她說這番話的時候怎麼感覺像是有股怒氣？我狐疑地走向餐桌，卻因為腦袋裡一直想著姐姐半裸的模樣而踢到了腳趾，好痛！我強忍著小趾頭的疼痛，還是找到了媽媽留在餐桌上的紙條。

「員工旅遊？」

還去兩個禮拜？

噢，確實也到這個季節了。

「沒錯，而且爸爸也跟去了。哼！討厭！」從姐姐的嘴裡擠出了不滿的咆哮聲，「這次居然不帶我們一起去，太奸詐了！」

我苦笑一下，姐姐繼續埋怨：「去年也沒有去，今年也沒有去，到底什麼時候我才能像同學一樣出國旅遊啊？」

「這個……姐姐妳就稍微忍耐吧，這也是為了小鎮啊！」

對於姐姐的處境我也十分無奈。小鎮的英雄是一個全年無休的工作，萬一在姐姐出國遊玩的這十天半月裡面，黑暗星雲發動了侵略攻擊，釀成不可收拾的災害，那可怎麼辦？

也因此，去年的員工旅遊，姐姐就只能乖乖地「啣病」不能參加，留下爸爸陪同。而她也一直對此耿耿於懷，沒想到今年還是無法成行。

「姚子賢，我好羨慕你喔，看看我，我已經高三了耶，一輩子都沒有去國外玩過。」姐姐鬱悶地說道。

我不知道該怎麼安慰姐姐，只好讀起爸媽留下來的紙條。

爸爸留給我們的信主要是叮囑姐姐不要對黑暗星雲掉以輕心，一定要牢記自己星際特警的特殊身分，並且學會忍耐，都是些老生常談。

而媽媽留下來的紙條則寫了些不一樣的東西，因為姐姐已經是準考生了，為了讓姐姐能夠專注於讀書，不被玩樂耽誤複習功課，所以選擇把我們留在國內。

而且上面也寫到因為有我在的緣故，媽媽可以很放心地把姐姐交給我。

……我真是感動萬分！

這可是媽媽對我的信任啊，媽媽，請您放心，姐姐就安心地交給我吧，我一定會讓她過得很幸福的！

「姚子賢，你在幹什麼啊？」

「啊，沒有啊！」

我連忙把抓著衣襟的手放下，然後收拾好那副彷彿在眺望遠方的表情，努力恢復正常時的平靜。

這意味著，接下來有好一陣子家裡只會有我跟姐姐嗎？

啊啊，平靜不下來！

姐姐似乎發累了脾氣，嘟囔的聲音慢慢地聽不見了。

「妳還好吧？」我關切地問道。

「我也想出國玩～」

姐姐雙手雙腳伸向空中，砰地又彈回了沙發裡面。

「可是，換個角度想，這樣好像也不賴——從今天開始，我可以從早玩到晚，都不會有人會逼我做功課！」姐姐的心情似乎轉換得很快。「終於自由囉！」

難道不必上學嗎？我苦笑了一下，但是姐姐能夠這麼想，也未嘗不是一件好事。

砰～姐姐再一次地彈了起來，簡直是把沙發當成彈簧床，還在半空中三百六十度地飛快旋轉。光是用沙發就能玩得像是小孩子一樣，真不愧是姐姐。

還有，為什麼可以彈得幾乎快要碰到天花板一樣高啊？我注意到姐姐每次彈到沙發上都會稍微用腳尖出一點力，利用 γ-12 星人超絕的運動細胞讓自己更強勁地彈到空中。

總之，在我們家客廳裡可以看到領先地球體操界整整一百年的花式滾翻！我坐在地板上開始欣賞起來。

可是，姐姐的極限運動很快地就發生了樂極生悲的慘劇。

「呀啊！」

得意忘形的姐姐越彈越高，一個控制不好，突然整張臉就撞上了天花板，然後像被獵槍打中的野鴨般哀嚎著墜向地面。咕砰！屁股先撞到地板，然後敲到了後腦勺，姐姐的眼淚立刻飆了出來，兩腿一伸，隨即昏死過去。

我也在同一時刻慌慌張張地起身。

「姐姐！妳沒事吧？」

我連忙趕到姐姐身邊，這、這該怎麼辦？我忽然想起，為了應付可能會在姐姐身上遭遇到的各種突發狀況，我平時早就經過各種預演。鎮定下來，姚子賢，你一定能夠在腦中回想起這種情況的ＳＯＰ。

真、真的，這都要感謝我平常的努力，總之，ＣＰＲ的正確步驟應該是「叫叫ＡＢＣ」，要叫什麼？對了，叫救護車！我左顧右盼，發現電話不知道放到哪兒去了，這下糟糕，不過我不能浪費時間。

「姐姐，妳還好嗎？」

我又問了一遍，因為姐姐沒有回話，現在應該要立即進行急救。人工呼吸跟胸外心肺按摩，這兩者我早已熟練，所以我迅速地把兩隻手伸向姐姐的胸口之間……

「我醒來了啦！」

我的手腕被姐姐抓住。

姐姐抓著我的手臂坐起身，可是看上去還是一副暈眩不已的樣子，她搖晃著腦袋，試圖驅逐那份暈眩感。

「真是的，你該不會真的想要實施ＣＰＲ吧？沒有那麼誇張啦！」姐姐埋怨道，「不過屁股還是好痛。」

「這……」我擔憂地問道：「要不要帶妳去看醫生？」

要是骨盆碎裂怎麼辦？天啊，這樣以後就不能生小孩，就不能看到小姚子實了！還可能要坐輪椅，坐一輩子！雖然我會照顧她，可是這樣還是太辛苦了，一想到這裡我就開始恐慌。

「不行，得馬上去醫院。」

「我不要打針吃藥。」姐姐拉住我的袖子，一臉驚恐地說。

不知為何，姐姐對於去醫院的印象就只有去打針跟吃味道很苦的藥，因此一直懷有畏懼感。

「可是……」

姐姐神色凝重地搖了搖頭，看到她這副模樣，我也只好放棄這個念頭。

「那、那不然我幫妳揉一揉？」

「哇，太好了，姚子賢，給你按摩最舒服了。」

「那是當然的囉！」我信心滿滿地說道。

按摩這種事情，可以說是基本中的基本。

姐姐作為小鎮英雄，平時的生活充滿了極高度的運動傷害風險；而從小矢志成為她最面面俱到的支持者的我，除了具備運動醫學的知識，對於物理跟職能治療的理論與手法當然也必須毫無遺漏地通盤掌握——更不用說是按摩的技術。

不管是經絡、足壓、穴位，還是能夠增高跟豐胸的密傳之法，我可說是毫無遺漏……不過最後兩種技法我雖然通曉，卻不曾真正實施過。理由很簡單，因為姐姐現在的身材絕對是增一分則太肥，減一分則太瘦，穠纖合度，怎麼可以以人工之力，去褻瀆姐姐那巧奪天工的自然之美呢？

我讓姐姐舒適地趴到沙發上，接著就準備開始著手了。

該怎麼做呢？我咕嘟一聲吞了吞口水。

「既然要按摩，不如連全身一起按吧！」

「好啊！」姐姐咯咯笑道：「最期待讓你按摩了。」

我也最期待幫姐姐按摩了唷！

騎上姐姐的背，我用手指先劃過脊椎骨所在的部位。

「最近書念得很累，我覺得我的筋骨變得好僵硬喔。」

我笑了笑。要讓姐姐念書念到筋骨僵硬，這件事是不可能發生的，知姐者莫若弟姚子賢也。

不過我並沒有吐槽她，安靜地展開手上的動作。

按、捺、壓、揉，我巧妙地運用著各種技法，鬆弛姐姐因為大量勞動而累積疲勞的身體。

身為小鎮英雄繁星騎警，平時還要跟各種難纏的怪人戰鬥，姐姐一週的運動量可是運動員等級地繁多，可是下手之際，我感覺到的不是筋骨僵硬或是肌肉緊繃，反而是融合了結實肌肉和細膩皮膚的觸感。

γ-12星人的生理構造跟地球人類不一樣，傷害、代謝廢物並不容易久留在他們的身體裡，這具比普通人強大數百倍的身體，可說是無時無刻不保持在充滿爆發力的絕佳狀態。

姐姐的身軀充滿彈性，感覺好像在搓揉一團包裹著一層不油不膩的奶油的麵筋……或者說那是無可形容的絕佳觸感，而且還有芳香不斷傳來。

每一條肌肉都是必須用心照顧的對象，還要兼顧對姐姐肌膚的呵護，所以，適當的精油也不可缺少，不過這部分可以晚一點再來考慮。

「呵呵，好享受喔！」

「能讓姐姐覺得高興就好，能夠替姐姐紓緩壓力，是我的光榮。」我真誠地說。

「哈哈，你太誇張了……嗯嗯，對，就是那裡，啊，好舒服喔～」

「姐姐妳可是維繫小鎮和平的英雄耶，比起妳的功勞，我能夠為妳做的事情也不過是九牛一毛而已。」

「姚子賢你太看得起我了，其實啊，我真的沒有像你想像的那麼偉大。」姐姐說，「我只不過是在保護我的家人而已。」

「嗯？」

「不管是爸爸、媽媽，還是你，你們都是我最重要的人喔。」

上半身的按摩就到此結束，現在要針對姐姐受到衝擊的特殊部位展開特別護理。

也就是……藏在姐姐褲子底下的那個部位。

展現在我眼前的是兩顆渾然天成、近正圓形的半球。貼合著短褲所呈現的，是宛如藝術家手筆般曼妙的曲線，完全體現了存在物的優美與真實。這微微隆起的弧度，既不能說是平坦的原野，也不能說是堅挺的山峰，真要形容的話，大概就是沉入水平面之中的夕陽吧。

為什麼會使人得出這麼多興懷之感呢？因為這可是堪稱為世界上最珍稀無雙的姐姐身體的

一部分——姐姐的屁股！即使達文西或米開朗基羅再世，恐怕也難以表達出其極致之美的萬一。

但是，再怎麼貴重的藝術品都需要有人擦拭保養，姐姐的身體自然也是同樣的道理。

唔啊，手上傳來的這柔軟觸感，就好像是在臼裡面搗麻薯一樣，我一邊揉捏，姐姐一邊咯咯笑了出來。

「啊哈哈～好癢喔！」

真的有這麼舒服嗎？姐姐的腳掌翹了起來，搔刮著我的背後。

「唔～嗯嗯～」

隨著我仔細地按摩，姐姐發出了舒服的呻吟，不久，聲音漸漸微弱，只剩下偶爾發出的一、兩聲輕嘆，到了最後，姐姐就不再發出任何聲響了。

我低頭一探，她從鼻腔裡發出了輕微的鼾聲，原來姐姐已經睡著了。

啪噠、啪噠，走廊上傳來了拖鞋的腳步聲。

「欸，幾點了啊？」

我回頭一看，姐姐倚在門邊，睡眼惺忪地看著我。

「妳醒了啊？」

「嗯，對啊～呼哇！」姐姐說完打了一個大哈欠，「你在做什麼啊？」

「我在整理東西啊。」我回答道。

爸媽這趟旅行會在國外待上好一陣子，其間重要的信件跟通知都只能由我們來收取，我拿回信箱裡頭的信函，坐在爸媽房間的地板上分門別類。

媽媽的床頭總是放著一個鐵盒，裡面放置所有她認為重要的信件、文件或者通知，講得好聽一點是這樣，但實際上卻是永遠亂七八糟地塞滿了各種發票、化妝品廣告或是減價宣傳單。爸爸時常笑說我們家裡真正會整理物品的只有我一個人，媽媽雖然每次聽到都氣紅了臉，卻無法反駁。

總之，定期替媽媽清理那些過期的折價券、促銷券也是我的工作之一。就在我認真工作時，姐姐一臉無聊地走到我身邊坐了下來。

「吃飽了嗎？」我隨口問道。

「嗯，我吃過了，你今天煮的菜還是一樣好吃。」

「那我晚點再去洗碗。看妳睡了好久，我怕飯菜都涼掉了。」

「不會啦，姚子賢你煮的東西我都會吃光光的，喔，我也來幫忙。」姐姐隨意從鐵盒中拿起一疊信件假裝很用心在看，不過看來並不是真的想要幫忙，只是為了打發時間。

這樣也沒有什麼不好，只要姐姐能在身邊陪伴，我就覺得很高興了。

分類信件的工作繼續進行著，忽然間，姐姐用兩手把一張紙片高舉起來，大呼道：「咦，這是什麼啊？」

我探頭看了看，原來那是一張折價券之類的雜誌截角，「是溫泉旅館的招待券吧。」我沒什麼興趣地說。

「快要過期了耶。」姐姐的語氣似乎有些興奮。

「是啊，可是沒什麼機會用，今年的秋天實在太熱了。」

話說回來，在夏秋之際招待的溫泉旅行，也難怪大家興趣缺缺。

可是姐姐接下來卻說出了令人意想不到的話，「欸，這樣好可惜喔！姚子賢，我們一起去好不好？」

「……妳說什麼？」

我非常震驚，手中的信紙啪噠一聲掉了下來。

「我們一起去泡溫泉啊！」

「是是是……是去泡溫泉嗎？」我有聽錯嗎？

「當然啊，不然還能去做什麼。姚子賢，爸爸媽媽都那麼奸詐，兩個人跑去國外吃香喝辣，要是我們不趁著他們不在的時候大玩特玩一番，豈不是太虧了嗎！」

看來姐姐還對被留在國內的事情耿耿於懷，但是話說回來，說要一起去泡溫泉可不是在開玩笑的，這不是跟「一起洗澡」沒什麼兩樣嗎？

真是這樣的話，那我豈不是要在狹小密閉又充滿霧氣的房間裡面，跟姐姐裸裎相對？

「姚子賢你怎麼了？貧血嗎？」

「不，我沒事。」我強自收攝心神，好不容易才結結巴巴地開口：「但但但但但是，如果要一一一一起洗的話，那我們要一起、一起……」

「不會那樣的吧，現在的溫泉不都是男女分開，而且應該會要你穿泳衣的吧？」

「噢……」

姐姐看著我，一副失望的表情，「你不想去喔，好吧，畢竟天氣這麼熱……」

「我去！」我立即回答。

只要能陪姐姐一起出去玩，不要說是溫泉，下油鍋我都願意啊！

「哇啊，太好了，那就這麼說定了喔！」姐姐高興得跳了起來，「哎呀，差點忘了，那還得去買新的泳衣才行。」

姐姐……穿新的泳衣？嗚哇，光想到這個情景，就讓我的腦袋高速運轉到要燒起來了。去年在馬爾地夫無緣看到的光景，這個夢想難道今年就要成真了？

我忍不住想在心中大喊：溫泉之神，我還真是沒有白期待你啊！

PRODUCTION

姐姐是地球英雄，弟弟我是侵略者幹部

女子力大作戰

04

距離得知冠獼猴的計畫已經過去了好幾天，可是學校裡的生活依舊照常進行著。如果說有什麼值得慶幸的事，那就是天氣漸漸轉涼，徐徐的微風開始帶來一絲絲的冷意，總算是比較有秋天的樣子，在這種時候如果真能去泡上一回溫泉的話，就太完美了。

雖然我一邊在月曆上劃掉日子，心中殷殷期盼著跟姐姐一同去溫泉旅遊的時刻趕快來臨，可是在這段期間內，該做的事情還是不能因此輕忽，因為冠獼猴究竟打算對一純高中採取什麼樣的攻擊，至今仍然毫無頭緒。

冠獼猴隨時都有可能發動侵略，而最糟糕的是，即使人在黑暗星雲中的我，也對時機點一無所知。

不能讓姐姐知道我在黑暗星雲打工，因此查探線索的工作必須由我自己來。

這件事，只能寄望於也許會知道些什麼線索的人……於是我決定去拜訪黃之綾。

站在越來越熟悉的學生會辦公室大門前，我照往例輕輕敲門，正想要推門走進去。

「哎呀！」

快我一步打開門的男學生和我同時嚇了一跳，幸好我緊急退後，才沒有釀成撞個滿懷的慘劇。

「喔，你就是姚子賢學弟吧，你好啊！」這名穿著淺黃色背心、看起來斯文有禮的學生從容地朝我點了點頭，接著便快步離去。

從他那身背心顏色看來，應該是大我一屆的學長，可是怎麼模樣看上去有點眼熟？而且，他竟然知道我的名字？

現在先不管這個了。我聳聳肩，走進辦公室。

黃之綾像往常一樣，坐在位置上努力辦公。

「你最近還真是頻繁造訪啊。」她隨意地望了我一眼，繼續埋頭。

「妳整天都待在這裡嗎？」我拉過一張椅子坐下。

「怎麼可能？我當然也是下課後才過來的。」黃之綾掩上會計本，「找我什麼事？」

我察覺到黃之綾顯露出極其細微的不耐，不過卻不明白原因，我小心翼翼地問道：「我想問妳有關冠獮猴跟這次計畫中其他怪人的資料。」

我希望黃之綾可以告訴我這些怪人的詳細計畫及弱點，以便在繁星騎警與他們正式較陣之前預做準備。

然而出乎意料地，黃之綾竟然露出了一無所知的面容。

「那是什麼東西？」

「咦，妳不知道嗎？」我大吃一驚，「就是執行這次掌控公共工程偷工減料的侵略計畫的猴子型怪人呀！」

「我完全不曉得你在說些什麼，喂！我不是把黑暗星雲的事情全部託付給你了嗎？」

「這麼說來，那片光碟到底是從哪來的？」

「什麼光碟？」

「沒事。」我搖了搖頭。

黃之綾皺起雙眉，「姚子賢，不是我在推卸責任，可是我最近實在很忙。選舉就快到了，不只大家被搞得焦頭爛額，就連我也完全沒有心思去管黑暗星雲的事情了。」

「我知道了，我不會再拿這件事情煩妳。」我說，「不過，妳不是其實沒有很想打這場選戰嗎？」

「人在江湖，身不由己啊！」黃之綾嘆了口氣，「我上次不是跟你說過我為何加入學生會嗎？」

我搖了搖頭。

「你忘了？」黃之綾沒好氣地白了我一眼：「還記得嗎，我是因為欽慕現在已經卸任的前學生會長，所以才加入學生會的……呃，你不要誤會，我對前會長並不是抱著你所想像的那種感情。」

「啊！」我高喊一聲，雖然引來黃之綾的白眼，不過我好不容易想起來了，立刻說道：「就是剛剛從這裡離開的那位學長吧！」

「嗯，沒錯，就是他。」黃之綾露出了悠然神往的模樣，「前會長是一位非常有抱負、有理想的人，他懷著赤誠在為同學們做事。說實話，雖然我從小到大接觸過不少政治人物，但那些大人都是在為自己的利益盤算，沒有人是真的為別人著想。所以，當我遇見前會長時，就決心效法他的精神。像他那樣具有無私心態的人，讓我非常地尊敬。前會長也對我很好，接受他指導的這一年來，我覺得自己成長了許多。」

「原來如此。」我點點頭說，「所以剛剛學長過來，也是為了要鼓勵妳囉？」

出乎意料地，黃之綾居然板起了面孔，「錯了，他是來勸我不要繼續的。」

「為什麼？」

「他覺得……他覺得……我似乎沒有做好當會長的心理準備……」黃之綾遲疑地說，「不管怎麼說，現在的學生會幾乎等於是前會長的心血結晶，就連我們學校如此民主的校風，也是因為他投注了極大的努力才孕育出今天的成果。我不希望下一任學生會被一些根本不入流的傢伙們把持。假如真的沒有人能夠繼承前會長的精神，那就不如讓我來當算了。」黃之綾義正詞嚴地說。

「原來是這樣，但是，學長並不希望妳這樣勉強自己吧？」

「唉，我明白自己這個毛病，總想把事情都往自己身上攬……記得大魔王陛下告訴過我，遇到事情，不要獨自承擔，身旁會有可以依賴的夥伴……」

一提起大魔王陛下，黃之綾的眼神馬上發亮，她突然抬起頭來，期待萬分地注視著我：「那麼，姚子賢，你願意替我分擔這些重責嗎？」

「呃，這個嘛……」

我忍不住噤聲了。

黃之綾淺笑一下，看起來像是一種凝固住了的僵硬微笑，而方才的銳利神色也在轉瞬間被一抹無奈給取代。

「果然是這樣，唉……我早就該明白。這跟萬智博士的事件不一樣，這一次，沒有人能夠為我分擔這些責任的，沒有。」

我覺得她的肩膀好像在那一瞬間稍微軟弱了下來，但我眨一眨眼，卻又看見黃之綾堅強地挺立著背脊，死死不讓自己昂揚的姿態垮掉。

「噢，上課鐘聲響了。」悠揚的樂音傳進寧靜的房間，黃之綾對我說：「你還是趕快回教室上課吧，要是遲到就不好了。」

「我盡量。」

我點點頭，緩緩地從椅子上起身，「那麼，我先離開了，我想妳也許不該太勉強自己。」

不知為何，我覺得黃之綾的語氣竟然顯得有些酸澀。

「喂！都已經上課這麼久了，老師怎麼還沒來？」

「就是說啊，要不要找個人去看看？」

我從作業本中抬起頭，距離上課鐘聲已經過了十五分鐘，教室裡仍像菜市場般喧騰不已，似乎只要任課教師沒有出現，學生就不可能自動自發地遵守秩序。

「好了，安靜一點！」身為風紀股長的小千疾言厲色地站了起來，怒目掃視一圈，頓時將一眾喧譁壓了下去。

教室凝結在沉靜氛圍裡，我轉過頭來，望向窗外，鬆弛著長時間低頭而緬緊的肩頸僧帽肌。

呼，再一下下就可以完成姐姐的英文作業了！老師不來也好，反正學校的課程我早就學習得差不多了。

然而我心裡還是有其他在意的事情。

耳邊的寧靜過不了多久，窸窸窣窣的聲音又漸次響起，這些同學們真是一刻也沒辦法關好自己的話匣子。

「喂！你們聽說了嗎，姚子賢最近跟學生會副會長走得很近唷！」

「什麼什麼，有八卦嗎？」

「當然，這可是我親眼目睹！這幾天呀，姚子賢一下課不都往學生會辦公室跑嗎？」

「也許他只是去處理公事，還記得嗎，學生會就快改選了呀。」

「但是，這可是兩人密談喔，如果是為了公事或選舉，為什麼從來沒有別人在場呢？」

「嗚～哇！一定有奸情！」

我提高警覺，流言蜚語之中好像提到了我的名字，實在讓人無法心安。

「你們夠了沒有，嘰嘰喳喳的，姚子賢、副會長什麼的，關你們什麼事？」

這次小千終於忍不住了，拍桌而起。

「呼哈哈，路怡千，我就知道妳一定會豎起耳朵偷聽，再不加油點，妳家的姚子賢就要被小三搶走囉！」

小千勃然大怒，立刻從座位上起身，打算衝向發話的女同學。

「可惡，妳說什麼，妳這……呃，哇啊！」

剛跨出位置的她一個踉蹌摔了出去。

上一刻還氣勢洶洶的小千，下一秒馬上顯現出狼狽不堪的模樣，但教室裡面沒有人顧得上嘲笑她。

「嗚哇！怎麼回事？」

整間教室……不，應該說是整棟大樓忽然天搖地動，眾人驚叫連連，東倒西歪，霧玻璃乒乒乓乓地從窗框裡頭飛了出去。

在一片混亂中，我勉力抓住最靠近手邊的東西，可惡，姐姐的英文作業一定要保管好才行！桌子在我眼前飛了出去，接著視野一黑，小千哇啊叫嚷著跌了過來，我急忙伸手把她拉住。

呃呃！

幸好有我做鋪墊，小千沒有受到任何傷害。

接下來，搖動止住了，趴在我身上的小千爬了起來，拚命拍掉來自天花板的灰塵。

「怎麼回事？」小千神色緊張地望著周圍。

沒有人能夠回答她的問題，因為所有同學都是一副茫然無措的驚恐模樣。

只有我頓時想到了一種可能。

冠獼猴的攻擊計畫開始了！

不顧背後小千發出的呼喊，我衝向教室外面，難以置信的景象在我面前上演。

「我的天啊……」

「貓娘大好！貓娘大好！」

「貓娘萬歲！貓娘萬歲！」

學校裡已是一片人間煉獄的景象。

玻璃被砸、門板被拆、操場上的籃球架被隨意推倒、原本在生態池中的鯉魚痛苦地在烤肉架上掙扎，而操場上正聚集一支數量龐大的隊伍，老的小的，全都是男性，甚至連校長都在裡面搖旗吶喊。

「巫術貓大好！」

「巫術貓萬歲！」

「喵哈哈哈哈～」

被一群男人簇擁在其中的，正是坐在無與倫比之巨大寶座上的怪人巫術貓，仔細一看，巫術貓屁股底下的寶座，居然還是體操隊成員搭起的人肉金字塔！

「整個一純高中的男人們都是我的啦，喵～」

「發生了什麼事——嗚哇，是貓娘！」跟在我後頭跑出來的男同學們一看見巫術貓便一齊發出尖叫，頭也不回地向操場衝去，每個人的眼睛都好像變成了兩顆愛心。

「發生了什麼事？」女同學們卻絲毫沒有受到影響。

「姚子賢，那是什麼人？」她們驚恐地指著操場中央的怪人。

我咬了咬嘴唇，勉強迸出一句話：「大家小心，那是黑暗星雲的怪人。」

雖然這名怪人對女性來說毫無威脅。

「怪人？」女同學們抽氣的抽氣，發抖的發抖。

我立刻奔向操場，才剛下樓梯，便在走廊上看見遠遠向著這裡奔過來的熟悉身影。

「這傢伙是誰？」黃之綾跑到了我身邊追問。

「是巫術貓。」我回答，「組織的怪人。」

「組織的怪人到這裡來？」黃之綾不可置信地瞪大了眼，「不是說好了，學校、醫院跟社福組織是不可以攻擊的嗎？」

「我不知道，這次的怪人冠獼猴好像不受控制，他有他自己的想法。」

「你們在說什麼呀？什麼組織？」

我們嚇了一跳，連忙轉頭，卻看見小千追在我們後面。小千是女籃隊的主將，腳程自然十分快速。

「路怡千同學？」黃之綾訝異地說：「妳一定是聽錯了。不談這個，這裡很危險，快點去避難。」

「什麼啊！」大概是從黃之綾的話中感受到被排擠的意味，小千豎起雙眉，「既然很危險，那妳為什麼還要去？還有你們兩個也靠太近了吧？」

「因為我是學生會的副會長，而且現在是管這些事的時候嗎？」

這兩個女生好厲害，居然可以一邊奔跑一邊唇槍舌劍，中間完全沒有我插話的餘地。

「不管，你們馬上給我分開。」小千硬是從中間擠了進來，「別忘了，我也是一純高中的學生，現在學校有難，我怎麼可以坐視不管？更何況你們一定需要一位體育系學生的力量。」

小千的一番話，讓黃之綾無法辯駁，只好冷冷地撇過頭去。

「所以現在是什麼情形？」

「操場上的怪人叫做巫術貓，現在全校的男生都被她用幻術給魅惑了。」

「原來如此……」小千氣憤地說：「可惡的怪人……咦，姚子賢，你為什麼對怪人的事情知道得這麼清楚，又為什麼你沒有被她魅惑？」

咦！小千的問題使我愣了一下，對呀，為什麼我會沒有受到巫術貓的影響呢？

「喂！現在不是探究這個的時候了，看見現在這種情況，難道不該先想想有什麼辦法嗎？」

黃之綾的一番話將我們拉回了現實。來到操場邊緣的我們，看見周圍有許多擠不進核心圈的男同學失魂落魄地徘徊著。

「巫術貓！巫術貓！巫術貓！嗚嗚……人太多害我看不到貓娘的樣子啦！」

「好噁心，好像殭屍……」小千嫌惡地說。

因為不知道這些人有沒有危險，我們三人小心翼翼地靠近。

「喵哈！」

「不好，我們被發現了！」黃之綾焦急地大喊。

只見原本端坐在寶座上面的巫術貓大叫一聲，接著在空中一個俐落的滾翻，來到我們面前。

「咦，沒想到這裡居然還有漏網之魚（沒有被我魅惑的男人），貓咪最喜歡魚了，你給我把她們兩個抓起來吧喵！」

巫術貓說完朝我送出了一個飛吻。

「……」

「……」

「怎麼可能喵？」巫術貓大吃一驚，捂著額頭後退，「怎麼會有抗拒得了我的魅惑的男人，你是何方神聖喵？」

「咦，我嗎？」我詫異地四處轉頭，不過，現場的男性當然只會有我一個而已，小千與黃之綾都是一副「你不用再看了」的樣子扠腰看我。

「只有對其他女性死心塌地的男性，才抵抗得了我的幻術，就讓我來看看住在你心裡面的到底是什麼人吧喵！」巫術貓大喝一聲：「喵喵窺心射線！」

「喵喵」這兩個字和招式根本一點關係都沒有，巫術貓裝了一個毫無意義的可愛，接著將手指比到眉毛間，用力地瞪視著我。就在四目相交之際，她的眼裡射出兩道光線，接通了我的眼睛。

「呃啊啊啊啊啊！」

我還以為會產生什麼可怕的痛楚，然而什麼感覺都沒有發生，只不過就在這一剎那，我的思緒與巫術貓接連了起來。

「喵哇！」

結果巫術貓哀號一聲，我們兩人的連結就此中斷。

我大口地喘著氣跪了下來，小千與黃之綾慌忙趕過來將我扶起，而這時候巫術貓居然也驚慌失措地向後跌坐了下去。

「不敢相信，你對那個女性的感情竟然深厚到這種地步喵！」

「呼、呼……這下妳知道了吧。」與巫術貓的思維連結之後，我立刻明白為何自己不受幻術影響，「妳的可愛程度，和姐姐簡直就是雲泥之別啊！」

「嗚嗚，喵～」巫術貓依然禁不住地顫抖，「真是個變態！」

喂！什麼變態，真是沒禮貌！

即便如此，巫術貓仍然沒有失去鎮定，她退回了人群。

直到此時我們才赫然察覺到，她背後那將近一千名一純高中的老師、學生，已經無一不在她的掌控之下，成了巫術貓的親衛隊！

「喵，給我上，抓住這三個人喵！」

「嗚喔喔喔喔！為了貓耳娘！」

男人們吶喊著喪失理智的狂熱宣言蜂擁而來，這股驚天動地的氣勢誰也無法阻擋。身為隊伍裡頭唯一的男性，我下意識地挺身擋在她們面前。

可、可是，面對著這麼多一湧而上的狂暴男人，光是我一個人又能做得了什麼呢？

「嗚呃！」

可惡，我們徒勞無功地舉起手來防衛著，一同發出了慘叫。就在我以為我們即將要被人群踏成肉餅之際，一道清脆的聲音從半空中響起。

「不要擔心，我來了！」

緊接著，一條優雅的身影輕盈飄落。

我們面前捲起大紅色的披風，深棕色馬尾在和風中徐徐揚舞飄逸，教人看得目不轉睛。

她的來到，令我們不禁露出喜悅的神采。

那人從蹲姿緩緩直立而起，昂然迎視豺狼虎豹似的千人大軍，一點也不顯得畏懼。

輕輕抬起腳，接著用力一跺。

砰啪！

大地頓時震抖了一下，上千個男人接連慘叫著跌倒在地上。

「是什麼人，敢來壞我好事喵！」巫術貓氣得咬牙切齒，然而她拋出來的那聲問句令她的對手露出了淺淺的微笑。

「我不會再說第二遍了，仔細聽好，怪人，我的名字乃是——」

來者自然就是……

「──繁星騎警。」

小鎮的英雄！

「繁星騎警喵？」巫術貓顯得有些錯愕，「怎麼來得這麼快？」

這是當然的，因為作為繁星騎警真身的姐姐就在這所學校裡，所以一下子就能出動了。

面對巫術貓的疑問，繁星騎警選擇冷笑不語，不過我猜想實際上是因為她不知道該說什麼才不會露餡。

「我早該料到妳會出現壞我的好事！」

「膽敢色誘我家弟弟的壞蛋，我是一個都不會放過的。」

繁星騎警義憤填膺的大喊聲，頓時響徹整座操場。

瞬間，現場一片譁然。

「什麼，弟弟？」

就在繁星騎警話語落下的瞬間，小千和黃之綾幾乎是同一時間向我望了過來，我慌張得下巴都快要掉下來，拚命地搖著手對繁星騎警示意。

繁星騎警也立刻意識到自己失言，「不，那個，我是說，一純高中的所有學生，對我來說就像是弟妹一樣的存在……嗯咳，對，就是這樣。」

繁星騎警好不容易恢復了鎮定，重新指著巫術貓的鼻子說道：「因此，就算妳是女性，也要有被我的拳頭打飛的覺悟——接招吧！」

「等、等等！」巫術貓連忙制止，「我可不是什麼戰鬥系的怪人呀喵！更何況，就算打倒我，妳也無法將這些人恢復原狀喵。」

「妳說什麼？」

「嘿嘿，這些男人已經完全受到我的魅惑了喵～」巫術貓高興地說著，「如果沒有滿足解除幻術的條件，他們一輩子都不會恢復的喵。」

「那麼妳立刻解除幻術，我還可以放妳一條生路。」

「辦不到喵！」巫術貓發出猖狂的笑聲，俐落地向後空翻，跳回原本的人肉踏臺，「想要解除幻術的話，就和我來一場決鬥吧喵，繁星騎警。」

「妳剛才不是說自己並非戰鬥系的怪人嗎？」

「當然喵，所以我要挑戰的，是『人氣程度』的決鬥呀喵！」

隨即巫術貓手指一點，人群中立刻形成了另一座人體堆成的金字塔，看起來像是迎接繁星騎警登上的高臺。

轟轟轟轟轟～大地在震動，兩座巨大無倫的砲塔從操場兩端緩緩升起。

這什麼？我們學校究竟什麼時候裝置了這種機關？

「難道是黑暗星雲的雷射砲臺嗎？」

「冷靜一點，姚子賢，這只是網球部用的夜間照明燈臺。」對操場各處設備都瞭若指掌的小千在一旁冷靜地說道。

不過無論是哪座燈臺都沒有亮，兩側的五顆巨大燈泡就像是沉睡的眼睛，黯淡無光。

「來吧，繁星騎警！」巫術貓指著那座與自己齊高的踏臺，自信滿滿地望著繁星騎警邪笑，「跟我來一場『女子力』的對決吧喵。」

「女子力？」繁星騎警訝然出聲。

「沒錯，就是看誰最能勾起男人的欲望喵。在現場的可都是血氣方剛的男學生喵，因此，看我們哪個能夠擄獲最多男人的心，讓操場兩側的分數燈泡亮得更多一點，誰就能夠獲勝喵。」

巫術貓伸出一根手指，在繁星騎警的面前挑釁似地晃啊晃。

「比誰最受男性的歡迎嗎？」繁星騎警的眼睛亮了起來。

糟糕了，我心裡升起一股不好的預感，姐姐一直對於自己不能成為大眾偶像非常在意，恐怕她會毫不考慮就接受挑戰。

「繁星騎警，不要接受，這可能是怪人的陷阱！」我大喊。

「妳不管人質的安危了嗎喵？」

繁星騎警轉過頭來，完蛋了，在她眼中只看得到一股躍躍欲試的光芒。

「謝謝你替我著想，不過不必擔心，姐姐……啊不，是我有自信一定能夠把所有人都救出來的。」

這教我怎麼能夠安心？繁星騎警已經完全陷入想要大顯身手的狂熱狀態。

「還在猶豫什麼，這可是最適合女性的戰鬥啊喵！」

「有意思，我接受了！」

繁星騎警毫不懼怕，飛身躍向屬於她的看臺。

「嘿！繁星騎警，妳真是單純喵，可惜戰場之上，兵不厭詐，妳已經落入我的陷阱啦喵！」

卑鄙的巫術貓，在繁星騎警還來不及躍上看臺之際，已然先行出招。只見她歪了一邊身子，半閉著一隻眼睛，露出甜美微笑，同時做出了招財貓的貓手動作。

「超～級可愛喵！」

「咦？」身在半空的繁星騎警倉皇地大喊著，眼前的高臺在一瞬間潰不成軍。

「呀啊啊啊！」底下的人群發出狂熱的呼喊，「好可愛啊啊啊啊～」

「噗噗噗～」也不知道那是什麼機關，巫術貓側的燈臺立刻亮起了三顆燈，相反地，繁星騎警那邊的燈臺什麼也沒發生。

繁星騎警被迫降往人群之間。

「落地就算輸了喵！」

「可惡，我才不會就此認輸！」繁星騎警提振精神，在最後一刻踏在某個男同學的肩膀上，

「呀，你不要扭呀！」

可是男同學似乎完全不肯合作，「我愛貓娘！」他大喊著，同時用力晃著身體想把繁星騎警給甩下來。

繁星騎警狼狽不堪地跳往另一個人身上，「哎呀，老師，對不起！」

就算禿頭主任已經失去了年輕學生那樣激烈的反抗能力，但是他的頭頂實在太過光滑、不宜久留，而且繁星騎警也會於心不安，因此只能盡快選擇下一個目標落腳。

「喵喵喵～葛格們，幫人家把那個女生拉下來好不好？」

乘勝追擊的巫術貓，擺出了更加撩人的姿態，刻意甩著那條動來動去的貓尾巴。底下的男人們受到煽動，更加瘋狂地對繁星騎警發起進攻。

就算是 γ-12 星人那超群卓絕的平衡感，在這樣猛烈的攻勢下也逐漸變得岌岌可危。

「只差一顆燈了！」小千望著又亮起一顆的燈泡焦急地喊著。

「再這樣下去她會輸掉的。」黃之綾咬牙。身為黑暗星雲幹部的她，居然替敵人擔憂。「最後一顆燈也失守的話，只怕所有的男人就會徹底被怪人控制。」

繁星騎警，此刻正是只許贏，不許輸的戰役啊！

但是只見繁星騎警左支右絀，在人群頭頂上慌慌張張地連站都站不好，這樣下去別說擊敗巫術貓，就連自己能不能安然無恙都很有問題。

不能再這樣下去。

一股熱血驀地湧上心頭，我旋即拔腿衝進人群之中。

「姚子賢？你要幹什麼？」背後，小千與黃之綾各自發出驚訝大喊。

「繁星騎警！」

我高聲大喊，很快地，繁星騎警注意到我的存在。

「姚子賢？」

「姐姐……繁星騎警，這裡……」我在人海中載浮載沉。

「姚子賢，你幹什麼？這裡很危險，趕快回去。」

姐姐……呃不，是繁星騎警對我高聲呼喊，可是我又如何能夠聽得進去？

「繁星騎警，把我當成妳的座騎吧！」

「咦？」

「把我當成妳的踏臺，然後發揮妳真正的實力吧！繁星騎警，千萬不要輸給那個怪人，妳要相信妳一定是最受歡迎的。」

「姚子賢……」

繁星騎警感動地看著我，從爭相想要拉扯她衣角的人群中孤注一擲地躍了過來。

我在人群中奮力推擠，努力排開一絲隙縫，伸展雙手朝向半空中迎接。

我們兩人配合得天衣無縫，繁星騎警轉瞬間跨坐到了我的肩膀上。

咦？

「呃，怎麼黑黑的？」

我的臉頰緊緊地貼在一雙溫熱的大腿中間，眼前陡然變得一陣黑暗。

「呀，反了反了，不是那裡啦！」

繁星騎警在上方慌張地喊著，「討厭，你不要呼吸，好癢啊！」

可是沒辦法，差點窒息的我，一慌張起來口鼻吸氣就更加用力。

「嗯哎哈啊～」

繁星騎警的雙手抓得我的頭皮都快掉下來了。

不知為何，頭頂上傳來的喘氣聲似乎變得有些急促，繁星騎警嚶嚀一聲，按住了我的腦袋，接著一個俐落的旋身，我的眼前赫然大放光明。就在她坐定的同時，我牢牢抓住了垂在胸前的兩隻小腿，避免讓她掉下去。

「呼……呼……讓我休息一下。」繁星騎警疲憊地說。

「妳好好休息吧！」我為了使她安心而這麼說道，確定繁星騎警坐穩之後，我開始使出渾身解數，猛地衝向巫術貓。

「喔喔喔喔喔喔喔喔——」

我以前所未有的氣勢擠開眾人，眼裡只有那可惡的怪人。

「休想得逞喵！」

巫術貓旋即指揮更多親衛隊朝我們攻來。

「我休息夠了。」

繁星騎警說完，輕輕一按我的頭頂，輕盈地站到了我的肩膀上。

身邊的人潮更加凶惡地推擠著我，讓我就像一艘在驚濤駭浪裡頭東倒西歪的小船，然而繁

甚音

星騎警卻以世上任何體操選手都望塵莫及的平衡感，直起那英氣煥然的身姿。

「姐弟同心，其利斷金。」我小小聲地說道。

「那麼，我要開始囉！」繁星騎警也點頭，「要比可愛是吧？我才不會輸給妳！」

「哇啊，慢點！」

繁星騎警不顧我的勸告，馬上翹起單腳，手指比出了個 ya 的裝可愛姿勢。

「看招，這怎麼樣，超級可愛模式大放送！」

頓時變得鴉雀無聲的操場裡，只有繁星騎警響亮的聲音在無盡的空虛中迴響。

感到一陣尷尬的繁星騎警，帶著悲慘的聲音泣訴：「咦，不是這樣子的吧？」

繁星騎警的招式對這些男性們完全起不了任何效果。

「嗄啊啊啊啊啊——」他們反而更加憤怒了。

「喵哈哈哈哈哈～」巫術貓笑得在人肉看臺上不停打滾，「繁星騎警妳還真是醜態百出啊，難道妳以為裝可愛能夠裝得贏我這個最惹人垂憐的貓娘嗎喵！」說完還動動耳朵跟尾巴，挑釁意味十足。

「繁星騎警，妳先冷靜下來，」我急忙為失去信心而嗚嗚啜泣的繁星騎警打氣：「不要對自己喪失自信，妳絕對是宇宙第一可愛的。」

「事到如今，你做什麼努力都是徒勞無功的喵！」

「住嘴！」我大聲呵斥道：「繁星騎警絕對是宇宙中第一可愛美麗清純大方妖豔性感天真

純潔優雅活潑才貌雙全秀外慧中誰都不能相比的女性，豈是妳這種跟畜生沒兩樣的怪人能夠相比的？」

「你……你……」巫術貓被我這麼一喝，氣得不停顫抖，「你說什麼喵？」

就在這時，奇蹟出現了。

在我們背後，那反映了繁星騎警受歡迎程度的燈臺，居然就像呼應我的怒喊般，一盞燈發出了耀眼的黃光。

「喵嗚……」巫術貓終於感到畏懼，「這怎麼可能！你一個人對她的支持與愛意，居然就能亮起一盞評分燈，這不合理喵！」

「謝謝你，姚子賢。」繁星騎警拍了拍我的臉頰，「我現在有一個靈感。不要一味地模仿別人，而是要表現出屬於自己的獨特風格。」

她忽然伸手朝我的褲檔摸索，「這個借我。」

咻啊！

「看好了，怪人！」

繁星騎警猛然朝天一躍，「這就是我——小鎮英雄繁星騎警，最華麗的殺招！」

一時之間，她吸引了所有人的目光。

那是在半空中旋轉跳躍之間，運用陽光使出的驚人動作！

眾人抬起頭來，看見繁星騎警像是從太陽之中迸竄出來的一顆黑子，可是這是一顆會翻滾、會躍動、有生命力的黑子。

當每個男人過去都還是小男孩時，一定不會錯過特攝系列超級英雄的登場！

就在一躍之間，繁星騎警重現了所有超級英雄的招牌動作，是的，就在半空中，也只有她，能夠用那非地球人類可及的超級肌肉力量，做出那麼多繁雜甚至不可能的姿勢。

「回憶起來吧！」

繁星騎警高喊，觸動著只能被「小男孩」們理解，刻畫在內心深處當成珍貴寶藏的遙遠記憶。

師生們紛紛停止手邊的動作，目不轉睛地痴痴凝望著她。

忽然，我們耳邊響起了一道熱烈的掌聲，我回頭一看，看見小千站在人群邊緣，正拚命地鼓著掌，「加油啊，繁星騎警！」

而在她的身旁，黃之綾雖然並沒有表現得那麼誇張，但也用盡了最大的努力聲援繁星騎警。

掌聲慢慢地蔓延開，男人們一個又一個舉起雙手，用力地鼓掌，臉上迷惘的神色也漸漸地脫離。

「哇啊啊啊！繁星騎警！」

啪、啪、啪，繁星騎警的評分燈一盞一盞亮了起來，甚至在眾人驚嘆的喊聲之中，就連巫術貓的燈臺也都一盞一盞地亮成了屬於繁星騎警的顏色。

「不、不可能喵！不一樣的魅力形式居然讓那些臭男人都動搖了嗎？」巫術貓怒不可遏地咆哮著，「可笑的東西，就算這樣，我也不會承認妳的魅力喵！」

「是這樣嗎？」

這時候，繁星騎警落腳的地方，人們已經競相貢獻出肩膀、雙手來拱衛著她，落下的同時，她忽然甩出了手中的某樣東西。

「這是什麼喵？」巫術貓大吃一驚，轉眼間就已經被鞭子……不，其實是我的皮帶給纏住了，繁星騎警用力一扯，把巫術貓往自己面前一捲。

「喵哇，不要啊！」巫術貓一面手忙腳亂地掙扎，一面大呼小叫。

繁星騎警強硬地將巫術貓拉到身前，緊緊扣抓著巫術貓的雙臂，用力朝天空一拋！

「妳這個蠢貨，別忘記貓咪是不怕高的呼咦咦咦咦咦咦喵？」

是的，貓咪的確是不怕高，但那是指普通的高度……等到巫術貓赫然領略之際，她才發現自己被拋上了將近十層樓的恐怖高空。

「喵哇啊啊啊，好可怕～嗚嗚～哇啊啊啊～喵呀呀呀～」

巫術貓拚命地慘叫。

「先讓妳體驗到什麼叫做吊橋效應。」

繁星騎警得意微笑。

「接下來，對付女性，就是要靠眼神！」

高空上，巫術貓抵達了最高點，這時候一邊尖叫著一邊往下掉。

繁星騎警會讓她就這樣摔成肉餅嗎？

不，繁星騎警算準了巫術貓掉落的位置，早先一步在那邊等待著她，咻砰！乘著極為可怕的重力加速度，巫術貓就像顆小流星，聲勢凶猛地往下墜，準確地落進了繁星騎警的臂彎。

就在這一瞬間，繁星騎警飛快地揭開自己的面具，凝視著巫術貓的雙眼，又飛快戴上面具。

兩人之間陷入一片沉默，空氣彷彿凝結。所有人大氣都不敢喘一聲，屏氣凝神地注視這幕場景。

可是緊接著，巫術貓露出了無比陶醉的神色，嬌羞地軟倒在繁星騎警的懷裡。

「啊～妳救了我，妳是我的英雄，請讓我叫妳一聲姐姐大人吧～」

就在這一刻，巫術貓的幻術效果終於全部解除。

「不！我的苦心這下全都化為烏有了。」

巫術貓望著操場上一副大夢初醒模樣的男人們，發出了慘叫。

「巫術貓，妳還想要繼續搗亂嗎？」

「怎麼會呢，我的心已經完全屬於姐姐大人，我又怎麼能夠怨恨妳呢？」

巫術貓擺出楚楚可憐的模樣，深情地對繁星騎警眨了眨眼，無論是我還是繁星騎警，看到她這樣都起了一身的雞皮疙瘩。

「我決定這一生一世都要跟隨姐姐大人！」

繁星騎警慌慌張張地露出了困擾的表情，拚命想要甩脫抱住她大腿的巫術貓。

我連忙上前說道：「夠了，巫術貓，妳不要再糾纏繁星騎警了。妳是怪人，她是正義使者，妳們是註定無法在一起的。而且妳沒注意到嗎，妳已經很久沒有在句尾加上那個喵了，所以說妳的角色定位現在已經完全錯亂了吧？」

巫術貓彷彿臉上被人揍了一拳似地望著我們。

「不！難道這是上天嫉妒這份真摯的愛而賜給我們的苦難命運？也罷，自古情義難兩全，就讓我永遠活在姐姐大人心中吧！」

說完巫術貓用盡了全部的力氣朝著天空一跳，砰！

魅惑幻術怪人就這樣化為了燦爛的花火，照耀著整個白晝的天空。

「搞、搞什麼呀，為什麼每個怪人被打敗以後都要弄一次爆炸呢？」

我和小千、黃之綾都啞口無言。

就這樣呆呆地望著天空過了良久，黃之綾終於擠出一句話：「真是莫名其妙。」

嗚——嗚——

高分貝的警笛聲還真是擾人，恐怕就連學校深處的走廊上也能夠聽見這刺耳的聲響。

就在繁星騎警解除一純高中危機的幾分鐘之後，警方終於趕了過來，他們每次都出現得那麼「及時」，而繁星騎警當然早就消失得無影無蹤。

發生了這種事，學校不可能繼續正常運行，很快就宣布下午停課。受到魅惑的男學生們被一車一車地送往醫院，檢查是否還有其他後遺症，大概除了我以外的其他人都被送去了吧！

話說今天的襲擊是忽然而來，連作為黑暗星雲幹部的我們事先都沒有被知會。為了向大人們解釋當時的狀況，我、黃之綾和小千各自在記者、警察跟救護單位之間忙得團團轉，連喘一口氣的時間都沒有。

好不容易協助同學就醫的事情告一個段落，筋疲力竭的我隨手接過警方提供的飲料，找了一個靜僻的地方坐下來。總算有機會整理腦中的思緒，好好觀察周圍發生的事情。

這是史上第一次學校機構遭受怪人攻擊，光是從包圍在學校外牆的無數公家車輛的陣仗來看，就能感受出警方對此展現出十二萬分的重視。

不管怎樣，此刻的學校外面，正被警車、救護車、ＳＮＧ車還有工程車隊團團圍著，不知情的人還以為學校正在發生什麼可怕的事情，其實早就已經結束。

……咦，工程車隊？

我擔心是自己眼花，連忙揉了揉眼睛，再三確認後，黃色的巨大吊車、挖土機還是一樣好端端地出現在眼前，沒有改變。

這是怎麼回事？這些工程車看起來應該是要出現在建築工地，為什麼掛著大鐵球的吊臂車會出現在我們的校門口正前方呢？

洪亮的嗓門從遠方傳了過來。

「拆掉？你在說什麼？」

怪手隆隆地開進了校園，一群學生不知道從哪裡紛紛冒出，用肉身把它們全擋了下來。因為遭遇到強硬的攔阻，整個車隊寸步難行，於是只好停在操場上。

學生正和頭戴鋼盔的工程師們對峙，而方才那聲洪亮的高喊，正是由小千所發出。

仔細一看，這群學生穿著女籃隊、田徑隊、足球隊、圍棋社、吉他社……等不同的社服，五花八門，原來他們全都是學校內各社團的成員。

雙方正在進行激烈的爭辯，聲音飄向我這邊來，不過因為距離有些遠，想要聽清楚相當困難。

我向來對於那些喜歡揮霍青春、可以為社團廢寢忘食的熱血學生們的事務沒有興趣，當我喝完飲料，正打算起身離開——

「喂！姚子賢！」

糟糕，被發現了。我無奈地抬起頭，小千就站在遠方朝我拚命揮手，看起來是不得不過去了。

我只好慢悠悠地走向人群。

「太好了，是姚子賢！你一定能夠幫我們解決這個問題！」

我才剛靠近就被學生們團團簇擁，好不容易才能開口：「不好意思，但現在是什麼情形呢？」

「我跟你說，這些工人忽然毫無理由地就要拆掉我們的體育大樓跟藝文大樓！」小千向我解釋。

「太可惡了，拆掉這些大樓，那我們要去哪裡進行社團活動？」

「就是說啊！我們堅決反對。」

「給我們一個理由！」

其他同學紛紛叫嚷。

原來如此，也難怪他們會如此義憤填膺。我隸屬的「宇宙人意志研究會」同樣位於藝文大樓，是讓我用來觀賞姐姐進行女籃隊二軍活動的場所。

如果真的失去這塊根據地，社團活動將會相當不方便。畢竟那間社團教室可是我精挑細選，不但能從最好的角度欣賞姐姐社團活動的英姿，同時也是一旦姐姐發生意外事故時，可以最快提著急救箱衝下去救援的位置。

此刻大多數同學臉上都是不容妥協的神色，顯然他們對於工人們即將展開的作為完全無法接受。

「各位、各位請稍安勿躁，讓我們先聽聽看這些工人們想說什麼吧！」

人群中，有一名格外醒目的男同學正賣力地安撫群眾。這人的身形高大，體格精瘦健壯，而且在一片譁然中依舊維持冷靜，給人一種大將之風。

這名男同學與小千似乎就是學生們的領袖。

「姚子賢，他就是棒球隊的隊長郝誠實喔。」小千悄悄地對我說。

「咦，就是那位跟黃之綾同學競選學生會長的郝誠實？」

棒球隊呀！能夠當上我們學校最受歡迎社團的領導者，樣子果然很有架勢。我仔細觀察郝誠實的模樣，看起來像是個不錯的好人。

小千點了點頭，「嗯，他平常熱心助人，又善於溝通協調，因此深受大家信賴。」

「是喔，那他背後那個傢伙又是誰？」

小千探了探頭，一臉無趣地說道：「不知道，大概是棒球隊哪個一年級學弟吧！」

棒球隊的人數非常多，所以小千也沒辦法記得很詳細。然而我卻清楚地認得，站在郝誠實背後探頭探腦的，不就是那天撞見我和黃之綾在學生會辦公室一起的那個男學生嗎？

「請你們不要這樣，我們也是接獲命令，按照上頭的指示辦事的。」在我們面前，看似工頭的男子無奈地說。

「你們學校遭到怪人襲擊，恐怕建築物都已受到破壞，如果不處理的話，萬一日後發生危險，受損害的也是你們的性命安全。」

「這太可笑了，學校受到的破壞只不過是玻璃破掉、磁磚裂開這一類小事，為什麼要把校舍整個都拆掉？」

郝誠實指著怪手、推土機跟吊臂車質問，小千和其他學生代表也跟在他後頭嚷嚷。

「而且還是先朝兩棟社團大樓動手，它們根本沒有受到損害呀！」

「這些不要問我，我們只是奉命行事。」

「究竟是奉誰的命令？」我問道。

「當然是鎮長。」工頭揮揮手，不耐煩地說：「好了，不要再妨礙我們執行公務了，小孩子們快點閃開，站在這裡很危險的。」

「我們不走！」小千和其他學生們意志堅定地抗議道：「拆了體育大樓跟藝文大樓，那要我們這些社團用哪裡進行社團活動啊？」

「這我哪知道？」工頭口氣很衝地回答。

眼看爭得臉紅脖子粗的學生們幾乎就要和工人們起衝突，我隨即問道：「這件事情有經過校長同意嗎？」

雙方都安靜了下來，定定地看著我……還有那名工頭。

被眾人注視著的工頭很不自在地說：「鎮長已經去跟你們校長談判了，相信很快就會有下文。」

「那麼，等到校長的許可正式下來，你們再動工也不遲吧！屆時相信我們也沒有阻擋的理由，各位又何必急於一時？」

「這……好吧！」工頭看著學生們，再看看我，勉為其難地點了點頭。

「太好了姚子賢，有你出馬果然不一樣。」

小千高興地看著那群工人們離開車具，一個接一個地走向校門口。雖然這些車具還留在操場上，但今日大概沒有機會繼續動工了。

「沒什麼啦……」我搖搖頭，「這只是舉手之勞而已。」

「不過，危機還是沒有解除。我想我們得在這裡多留一會兒，看看後續的情況。」

我和小千說話的當下，郝誠實和那名學弟也走了過來，非常自然地融入了我們之間的對話。

「哇哇，姚子賢學長，你真是太了不起了，沒想到你三言兩語就把那些人打發走了耶！欸，對了，學長，不知道你還有沒有印象，就是那天你在學生～」

我連忙打斷他，「你好，很高興認識你。」

「不要沒有禮貌。」大概是看見了我臉上困擾的表情，郝誠實轉過身去，敲了一下學弟的腦袋。

學弟碎碎念著退到一旁，讓我鬆了口氣。

郝誠實對我伸出手，「今天非常謝謝你，姚子賢同學。」

我和他握了手。

「不愧是全校第一名的秀才同學，處理事情相當冷靜，要是沒有你出馬，同學們可能就要暴動了。」

「我其實沒做什麼。」

「雖然這樣有些不好意思，不過有件事能不能再麻煩你？剛剛那名工頭說拆除計畫是經鎮長許可，你方便去鎮長那邊打探一下情況嗎？」

這位郝誠實同學的思路十分清晰，一下子就找出了問題的癥結點。

「很抱歉。」我意興闌珊地說：「但是我要先回家了。」

結果我被小千瞪了一眼。

「姚子賢，你真的對公共事務很沒有熱情耶！」

「咦，那不然妳要我怎麼做？」

「社團大樓要是真的被拆掉了，是攸關所有學生權益的事，你怎麼可以擺出這種漠不關心的態度？」

「可是我就算留下來也沒辦法做些什麼呀。」

我自認為這樣的說法十分理性。

「算了吧，既然姚子賢同學沒有空，我們也不能強迫他啊。」郝誠實客氣地說。

「唉，所以說，你就是缺乏熱情跟幹勁，枉費你頭腦這麼好……」小千氣餒地揮揮手，像是在趕蒼蠅似地把我趕開，「算了算了，反正你一定又是滿腦子小實姐這樣小實姐那樣的，強留著你也沒用，快點走吧！」

真是的，剛剛還歡天喜地的，轉眼間卻這麼冷漠無情……不過，她也沒有說錯啦！

我穿梭在倍顯寂寥清靜的走廊上尋找姐姐。

難得提早放假，這是一個多麼好的機會，我可以和姐姐兩個人，一起悠閒地逛逛午後的超級市場，然後再買好多好多姐姐最喜歡吃的東西。

當然，最重要的，還是一起為姐姐挑選適合的泳衣啦！

我的腦海中開始編織起無數美好的粉紅色畫面，方才累積的疲累也都像一陣風似地全部消失掉，精神抖擻。

不過姐姐不知道跑哪裡去了，我只好在學校四處碰運氣似地亂晃。

「咦，妳怎麼會在這個地方？」

結果我出乎意料地發現了一個熟悉的身影。

「噓～」黃之綾轉過頭來，拚命地做出噤聲的手勢，然後招手要我靠過去。

我一頭霧水地加入了她緊貼在門板上、偷聽房內對話的行列。

我們現在所在的位置，乃是校長室的門外。

這真是一幅古怪的場景，我不禁如此思忖著，而透過薄薄的門板，裡頭的對話聲依稀傳來。

「校長，我就開門見山地說了，這次學校受到的損害，我們一定會全力施以援手，但也希望貴校能夠把修復工程事宜全權交給鎮公所處理。」

這個聲音好熟悉，究竟是在哪裡聽過？我睜大眼睛，努力在腦海中搜尋——啊，這個聲音不是屬於一純鎮長嗎？

我在黑暗星雲的投影螢幕上聽他說過話，因此還記得。可是，一純鎮長，不就是黃之綾的父親？

我偏過頭觀察黃之綾此刻的表情，只見她蹙著眉，輕輕咬著下唇瓣，屏氣凝神地貼在門板上，神色擔憂。

門後的交談聲繼續傳來。

「這、這份企劃書，幾乎是要將本校徹底打掉重蓋了呀！」

「確實如此，校長你理解得很快。」

「可是本校在這次事件中受到的損害，並沒有嚴重到這種程度吧？」

「校長，你這就太不懂道理了，怪人造成的損害一時半刻之間哪看得出來，如果日後出了什麼風險誰要來承擔？」

「但是，體育大樓、游泳池、藝文大樓……這些地方都跟本次事件沒什麼關聯呀，為什麼需要拆除？」

「據說貴校這幾年的升學率並不好，是吧？這些會讓學生玩物喪志的場所，高中生根本不需要，還是換成科學大樓、實驗大樓會比較好。」

「五育均衡是本校的辦學宗旨，這……」

「這句話你能在拿著成績單的學生家長面前說出口嗎？」

「唔……我知道了，話雖如此，但是這樣重建的話，一定需要不少經費……啊！」

「哈哈哈，看來你也終於明白了。很好，那我就不需要再掩飾，只要你乖乖配合，一定少不了你的好處，喏！」

「這、這張支票？」

「如果你能合作，它就是你的了。」

「我、我……我知道了。」

「很好……嗯，對了，我還有一件事情要交代你。最近一純高中就快舉行學生會選舉了吧？我告訴你，我女兒黃之綾，不管你用任何方法，一定要讓她勝選。」

「可是學生會的自治選舉，學校不太方便插手，而且也不知道要從何幫起才好。」

「這還不簡單，只要用這個就好。」

「這……這個？您、您是說，做票？這怎麼行？」

「怎麼不行？告訴你，校長，這個社會就是這樣，人們對於不真正切中自己利害的事情呢，都是非常冷漠的，然而只要有誰給了他們好處，他們就會死心塌地地追隨。學校只不過是現實社會的縮影，學生跟大人一樣，只要稍微施以小利，就能夠讓他們服服貼貼。」

「但、但是，這件事若是爆發出來，對學生的品德教育是個傷害呀！」

「哈，品德？品德能吃嗎？候選人有品德就能夠勝選嗎？別傻了，不擇手段的人才會贏。更何況，只要做得天衣無縫，不就什麼麻煩都沒有了嗎？」

「這個，請讓我考慮……」

「嗯？需要我再說第二遍嗎？」

「不、不了，我一定照辦。」

「哈哈哈……你是聰明人，校長。」

好一個不得了的祕密。我深吸一口氣，原來，原來巫術貓襲擊一純高中真正的目的是為了這個。

我轉過頭望向黃之綾，她的臉上全無血色，一股絕望瀰漫在她的眼裡。她搖搖晃晃地直起了身軀。

「怎麼會這樣……他居然……他居然……」

她一邊呢喃一邊顫抖。

「黃之綾？」

我小小聲地用氣音叫喚，可是她似乎全無所覺，接著就用像是隨時會跌倒般的動作，奔向走廊的另一端，留下我錯愕地蹲在校長室門外。

嘰呀～門忽然打開了。

「這件事就這樣敲定……嗯，你是誰，怎麼在這裡？」從裡頭走出來的鎮長看見我，嚇了一跳。

「姚子賢？」

「報、報告校長，我在繫鞋帶。」

幸好我急中生智，編造了一個看似合理的藉口。

「時候不早了，你快點回家吧。」

校長匆匆地催促我離開，接著快步跟在鎮長後面走掉了。黃之綾的父親，一直到他轉身離去之前，都用狐疑的眼光戒備地注視著我，但一句話也沒有說。

多等了一會兒我才往回走，前方忽然傳來一陣細微的交談聲。

不知道是什麼原因，我下意識地躲了起來。

這兩個人的聲音我都相當熟稔，一個是黃之綾，一個自然就是她的父親了。躲在掃具櫃後面的我，能夠清晰地將他們的對話收進耳朵，然而，正在進行的卻絕對不是溫馨的父女談心，說是爭吵更為貼切。

「之綾，妳怎麼在這裡？」

「爸，你為什麼要那樣做？」

「妳說什麼？」

「為什麼你要利誘校長拆除社團大樓？你知不知道那些大樓不但是歷史悠久的古蹟，而且也是學生們重要的活動場所，居然因為你們之間的利益往來就要淪為犧牲品！」

「原來妳都聽到了呀，那我也不必否認。但是，妳什麼時候才能放棄妳天真的想法？認清這個社會的遊戲規則吧，很多事情是不容許妳質疑的。年底就要選舉，經費要從哪裡來，總不可能憑空生出吧。」

「但即使這樣，也不應該用這麼骯髒的手段……那麼、那麼做票呢？我真的沒想到，你即便用這麼卑劣的方法也要操縱選舉結果！你知不知道這樣只會把墮落的風氣帶進我們校園？」

我悄悄地探頭一看，語氣相當激動的黃之綾站在走廊中間舉起了手臂，難道她是在拭淚？

「身為黃家的女兒，不准哭！」

果然如此。

鎮長繼續疾言厲色地說道：「妳要知道，我這可是為了妳好，不從小累積人脈跟經歷，以後進入政壇妳會過得比別人辛苦。現在還在計較手段，將來倘若妳的敵人使出更多扭曲的伎倆，妳將如何面對？」

「我、我又不一定要從政。」

「妳既然姓黃，那這就是妳無法避免的道路，不要再無理取鬧了！」鎮長說完生氣地離開了，黃之綾站在原地不斷地發抖。

最後，她忽然拔腿跑了起來，每一步都像是在發洩痛苦般地拚命狂奔。

她就這樣跑過我的身旁，卻完全沒有留意到藏在陰影之下的我。交會時的瞬間一瞥，我看見她神情倔強，咬著下唇讓淚珠在眼眶之中打轉。黃之綾的身影就這樣飛快地消失在長廊末端。

究竟她會怎麼做呢？

唉！這是別人的家務事，我想再多也沒用，還是先找到姐姐再說。

三年級的校舍館內，幾名學姐正在走廊上徘徊，走近一看，發現原來她們幾位竟然是姐姐的同學。

「呀，這不是姚子實的弟弟嗎？弟弟你好啊！」

學姐們非常自然地稱呼我為弟弟，使得我有些不自在，因為我就只是姐姐一個人的弟弟而已。

不過我還是很有禮貌地回應她們。

「學姐好。」

「弟弟有沒有看見你姐姐？」

「咦？」我疑惑地回答：「我也正在找她耶。」

「哎呀，真是奇怪了。」學姐搔搔臉頰說：「剛剛一發布怪人來襲的警告後，姚子實就突然跑出去了。老師明明交代不能亂跑的。」

「噢……」我勉強隨口虛應了一下，「也許她是……有事吧。」

「是嗎，不知道她有什麼事。現在學校附近這麼亂，剛剛還看見工程車大刺刺地開進操場耶，好可怕。姚子實那麼笨，希望她可不要自己去撞吊臂車才好！」

怪人都跑到學校侵門踏戶了，姐姐當然沒辦法繼續留在教室，否則大家就看不見繁星騎警出動對付怪人了。

正當我想著要如何轉移學姐們的注意力之際——

「喂，誰在說我壞話呀？」

「姚子實？」

「姐姐？」

姐姐居然從走道的另一端登場了。

「姚子實妳跑到哪裡去啦？」

姐姐一和同學會合，大夥兒便開始嘻嘻哈哈地打鬧起來。

「欸，這個嘛，當時我太害怕，所以就跑去廁所裡躲起來了。後來聽說怪人被打倒了才出來啊。」

「啊哈哈，姚子實妳每次都這樣，真是膽小！」

「喂！我們這裡可是沒有人臨陣脫逃的耶，妳這樣對嗎？」

「從今天開始要做膽量的特訓！特訓！」

「不要這樣子啦～」姐姐為難地笑著，頭髮、臉頰被學姐們又搔又捏。

「決定了，從今天以後妳就叫做膽小鬼姚子實吧！」

「膽小鬼姚子實！」

雖然知道學姐們並沒有惡意，然而聽見姐姐被取笑還是使我感到義憤填膺。

「喂！妳們不准這樣說我姐姐！」

「噓……」

就在我抬高音量的同時，卻看見姐姐從人群中悄悄對我比出了一個停下的手勢。

「可、可是……」

姐姐對我眨了眨眼，顯示她對這些閒話不以為意。

我只好無奈地放下拳頭，看著姐姐的同學簇擁在她的周圍，不斷地取笑姐姐。

可是，這到底算什麼啊？這些人完全不曉得真相。姐姐才不膽小，姐姐是最勇敢的人，要不是她挺身而出對抗怪人，全校學生們還有辦法像現在這樣嘻笑打鬧嗎？

我回想起爸爸時時叮囑我們的那些話語：「姚子實，姚子賢，你們要記住，你們身上流著不同於普通人的血，這份過於強大的力量也許會為你們的未來帶來一些不必要的困擾，因此一定要避免讓人發現。尤其是妳，姚子實，身為γ-12星人的祕密絕對要守口如瓶。」

雖然這些教誨，姐姐始終銘記在心，可是，一路走來，不也因為這樣而吃了許多的苦嗎？地球的守衛者、小鎮英雄、宇宙特警……難道這些身分，就值得讓姐姐忍受這麼多的委屈？

「欸，對了，姐姐。」儘管姐姐不在意，我還是希望幫助她脫身，「難得今天下午有空，要不要跟我一起去超級市場買晚餐的材料？」我期盼地問道。

結果這一番話讓學姐們找到藉口拚命嘲弄姐姐，「哇喔，弟弟君好賢慧喔，姚子實妳看看妳，有一個這麼疼妳的老弟，真是上輩子修來的福氣。不過太可惜了，弟弟君，妳心愛的老姐今天晚上要被我們借走啦！」

「怎麼回事？」我丈二金剛摸不著頭腦地問。

「抱歉啦，姚子賢。」姐姐歉疚地看著我，「我們已經約好今天晚上要一起出去吃飯囉。」

「咦，是這樣嗎？」

「嘿！姚子實可是個大忙人咧，平常想約她都有各種理由約不到，好不容易今天她老人家終於有空了，我們要一起去車站前面吃新開的麻辣火鍋！」

可是姐姐不是完全不能吃辣嗎？我呆愣地望向姐姐。

看著姐姐臉上的神情，這一瞬間，我忽然全都懂了。

嗯……從來沒有跟朋友一起出遊玩樂的姐姐，一定很盼望這次的聚餐吧！畢竟不管何時，姐姐總得全神戒備地待命，就怕黑暗星雲突然發起進攻，小鎮的英雄是沒有任何閒暇可言的。

難得爸爸媽媽都不在身旁，姐姐終於有機會做一些平常想做卻又不能做的事……雖然從宇宙特警職責的觀點來看，這樣的行為無異是在開小差，可是，對我來說，眼前的她不但是地球的防衛者繁星騎警，同時也是我的姐姐呀！

「好吧！」雖然我的確很想跟姐姐兩人一同享受愉快的購物經驗，然而作為一個稱職的弟弟，一切的考慮應當以姐姐為重，我不能阻擋姐姐去做她想做的事情。

對於姐姐，我決定選擇成全。

「那麼，就祝妳們晚上玩得愉快囉。」

我微一鞠躬，看著姐姐和同學們開開心心地走向校門。

PRODUCTION

姐姐是地球英雄，弟弟我是侵略者幹部

05

泡湯也有修羅場

「唉……」

我望著牆上的時鐘，不知道已是今晚第幾次的嘆氣。

這種心心念念的漫長等待是場痛苦的煎熬，讓我望穿秋水的那個人啊，現在究竟在何方呢？為什麼，為什麼等到了現在了都還沒回來？

一日不見姐姐，如隔三秋啊！

一、二、三、四……已經有六個多小時沒看見姐姐了，天啊，這差不多將近等於一天的四分之一了，我可是連每晚做夢都一定會夢到姐姐，現在這種情形簡直比死刑還要令我痛苦。

看不見姐姐的容顏，聽不到姐姐的聲音，我的心靈就如同是株遭逢大旱的小草，若再得不到甘霖的滋潤，便將枯竭而亡。

眼前的客廳一塵不染，碗洗了、地板拖了、窗戶也擦拭得閃閃發亮，能做的事情我都做完了，根本找不到還能做什麼事排遣沒有姐姐的寂寞。

就在我覺得自己就像隻可憐的兔子，被寂寞包圍快要油盡燈枯的時候——

叮咚！叮咚！

「姐姐？」

一定是姐姐回來了！

我高高興興地衝上去應門，姐姐，妳都不知道我有多想念妳，姐姐，妳……哇啊！

「姐姐？」

「嗚呼呼呼呼哇哈哈哈～姚子賢～」

出現在我眼前的居然是張滿面通紅的臉，姐姐熱情地向我擁抱過來……不對，正確來說是整個人靠到了我的身上！霎時間，我以為自己到了天堂，從姐姐嘴裡吹出來的如蘭芷氣卻嚇了我好大一跳。

「姐姐，妳該不會喝酒了吧？」

「嗚哈哈哈哈～」姐姐沒有回應，只是軟綿綿地癱在我懷裡，一味地傻笑，「我回家了窩呵呵呵呵～」

姐姐差點連家裡的門檻都跨不過來，不對，我看就連能不能好好站著都很有疑問，不管怎麼樣，我意識到此時正是我成為姐姐支柱的大好時機。平時做的伏地挺身、仰臥起坐，全身上下的肌肉，養兵千日，不就是為了用在今朝嗎？

我將姐姐公主抱了起來。

喔喔！喔喔喔喔！我居然成功了。

我心中滿懷著得意，還有對自己的驕傲，差點高興得手舞足蹈起來，不過，不可以手舞足蹈！還有現在也不是得意忘形的時候，否則姐姐就要摔到地板上了。

我連忙將姐姐搬回她的房間，好好地安置在床上。

「唔哼，嗯嘿嘿嘿嘿……」姐姐還是在不斷傻笑。

真是的，怎麼會跑去喝酒呢？

媽媽從來不讓姐姐和我喝酒，還好媽媽不在家……或許正是因為媽媽不在，姐姐才敢觸碰酒精飲料的吧！不過這下姐姐真是玩過頭了。

不管怎樣，躺進軟綿綿的棉被裡，姐姐露出了舒服的表情。

「姐姐？」

任憑我怎麼呼喚，姐姐都沒有回應，過了一陣子，姐姐的鼻腔裡傳來了穩定的打鼾聲，呃，她睡著了？

「怎麼這樣就睡覺了？」

都還沒有洗澡呢！我困擾地看著姐姐。

天啊，穿著這一身又濕又黏、充滿汗水的衣服睡覺，一定會很難受的吧！這下不得了，我一定要幫姐姐換衣服才行。

換衣服、換衣服，我從衣櫃裡頭拿出乾淨的衣物。星期一到日我都已經替姐姐搭配好合適的睡衣，從造型清爽簡潔的方格子睡衣、舒適的棉質睡衣，一直到像玩偶裝般可愛的小獅子睡衣，每日都有不一樣的變化。可是姐姐常常不按我預先準備好的衣物隨便穿，甚至好幾天才換一次睡衣，這點讓我異常頭痛。

我想想……此時應該輪到一直靜靜躺在衣櫃裡的星期五專用淘氣小貓咪睡衣登場了吧！啊啊……姐姐穿上這套睡衣會展現出何等可愛的模樣呢?真是讓人迫不及待。

然而就在我的手還沒來得及解開姐姐的制服之際，卻聽見了從我的房間裡傳來的意想不到的呼喚。

「喂！怎麼都沒人，姚子賢，你在哪裡啊？」

這個聲音是……小千？

可惡，路怡千妳這個傢伙，為什麼總是要來打擾我跟姐姐相處的美好時光？我氣急敗壞地抱著頭。

她一定又是不事先通知我就直接翻過陽臺跑進我房間裡，仗著隔窗相對的鄰居的身分，難道就可以如此為所欲為？

儘管我在心底恨得牙癢癢地咒罵了她許多次，可是我依舊不能有半點怠慢，萬一她走出我的房間在屋子裡面到處亂闖，打擾到姐姐睡覺，那可就糟了。看來換衣服的事情只好暫緩，我連忙離開姐姐房間。

「我來了。」

我匆匆趕回自己的臥室，小千大剌剌地坐在我的椅子上，百無聊賴地轉著筆。

「你跑去哪兒啦？」

難道我做什麼事情都還要先向她報備不成？然而正當我準備開口，小千卻搖了搖手指頭說：

「不過你也不必跟我說明了，反正一定又是跑去對小實姐做一些變態的事情，對吧？」

「什麼變態的事情，妳可以不要這樣含血噴人嗎？」我馬上嚴詞抗議。

「難不成你還能幹什麼好事？」小千居然跟我大眼瞪小眼。

「……好了，廢話不多說，妳來找我有什麼事？」我懶得再跟小千糾纏。

「欸，那我就開門見山地說了。姚子賢，你知道嗎？你離開後不久，那群工人又折返回來，而且啊，還帶了校長發布的公文，居然要讓那些工人就這樣把我們的社團大樓拆掉耶！」

我輕輕地「哦」了一聲。確實，這是我和黃之綾一同躲在校長室門外偷聽之際就已經知道的事情。

「你怎麼一副不太意外的樣子？」儘管有些納悶，小千依然氣憤難耐，「算了，這也不是重點。喂！姚子賢，你不覺得這真的很過分嗎，無緣無故地就突然要拆除我們的校舍。」

可不是無緣無故喔，這背後甚至藏著妳所想像不到的陰謀算計，我心想，這種陰險迂迴的策略，當然任誰也沒辦法和一向直來直往的怪人侵略組織黑暗星雲聯想在一起……

咦，這會不會就是問題所在？我腦海中浮現了一點靈光。

然而我還沒來得及把這靈感擴大。

「我聽說，整個修繕計畫是由鎮長主導。」小千毫不客氣地翹起二郎腿，「真是氣死人了！」

「那麼後來怎麼樣了？」

「唔……當時現場的氣氛真是霹靂火爆，有幾個按捺不住的傢伙差點就要跟那些工人打起來，多虧郝誠實安撫局面。後來我們死不退讓，一直拖到下班時間，那些工人才悻悻然離開。不過郝誠實說，這件事情至多只能拖到星期一，到時候恐怕就不會這麼好處理了。」

我點了點頭，幸好當時還有一個算是冷靜的郝誠實，否則以小千這種直腸子的個性，恐怕免不了起衝突。

不過，拖延也只是一劑止痛藥，無法真正解決問題。恐怕鎮長在冠獼猴無限的洗腦之下，無論如何都不可能放棄這項工程了。

「我問你，你跟那個學生會的黃之綾，究竟是什麼關係？」

就在我陷入思索之際，小千突然向我發問。

「我們就只是很平常的朋友啊！」

「哼！你跟她平常又沒有什麼交集，怎麼忽然就變朋友了？」

「妳怎麼會問這個問題？」

「我當然會在意……欸，不是。」有一瞬間突然變得支支吾吾的小千再次恢復了強硬的表情，「好吧，事情是這樣子的，大家都知道，黃之綾是鎮長的女兒，現在所有的社團都在推論，鎮長會這樣不惜一切、大費周章地硬搞，是為了讓他女兒有個可以拿出來向全校學生宣傳的政績……只可惜，這次他的如意算盤打錯了。」

原來是這樣啊，我點點頭，「這是很合理的推論，只不過，鎮長真正的目的並非只有這樣。我想，黃之綾只不過是無辜被捲進來而已。」

「為什麼你要幫那個人說話？」小千挑眉望著我。

奇怪，她好像生氣了，她的心情怎麼有辦法在三言兩語之間說變就變？

「我只是就事論事而已。」

「哼！不管怎麼說，我覺得這件事跟她一定脫不了關係。」

我皺著眉，小千的說詞怎麼看都像在遷怒，不過我還是盡可能冷靜地解釋給她聽，「小千，妳要想，這件事情發生後，獲得最大利益的其實是……」

「泳裝！」

「沒錯，就是泳……不，呃，什麼？」

是誰突然插嘴？一道人影倏然推開房門闖入房間，我吃驚地轉過頭去，此刻一幅非常驚人的情景呈現在我眼前。

露出了燦爛微笑的姐姐姿勢撩人地倚在門邊，身上居然穿著一套紅色的比基尼，「驚喜，姚子賢，讓你看看我今天新買的——喔天啊！」

姐姐大聲尖叫，接著急急忙忙地躲回牆壁後方，只露出一顆頭來。

「怎怎怎怎麼會有別人啊？」

「小實姐？妳在做什麼啊？」小千的驚訝比起姐姐來也是不遑多讓，「妳為什麼要穿成那樣在家裡走來走去？」

「咦，原來是小千啊，呼，還好，我還以為是陌生人呢！對了，小千妳看看，我新買的這套泳衣漂不漂亮啊？」姐姐從藏身的牆壁後方走了出來。

真是奇怪，姐姐什麼時候跟小千要好到可以在她面前大方展現身材了？不過現在沒有追究這個的閒工夫，剛才姐姐展露身姿的時間實在太過短暫，害我沒能把姐姐美麗的模樣盡收眼底，現在可要認真欣賞才行。

可是我甚至還沒來得及準備好最佳的觀賞姿勢，小千冷不防呼過來一個巴掌，把我打倒在地上，「哎唷！」

「姚子賢，你這個變態，不准看。」

嗚哇！好黑啊，發生什麼事了？我手腳並用地拚命掙扎著，隨即發現原來我被小千用床上的棉被罩住了全身，難怪什麼也看不見。

「放我出去！」我大聲抗議。

「不要這樣子嘛，小千！我只是要給姚子賢一個驚喜而已。」姐姐也替我緩頰。

「這種人不必對他太好……對了，小實姐，妳這個樣子真好看，可是怎麼會突然想要在家裡穿泳裝呢？」

「因為我們明天要一起去泡溫泉啊，於是想讓他看看我準備的新泳裝。」

啊！姐姐，我真是太感動了，妳如此為我著想，身為弟弟的我銘感五內。姐姐那驚為天人的模樣，現在就讓弟弟我起身好好欣賞吧！

我內心澎湃激昂地揚起了千堆浪雪，正要準備展開動作，卻又隔著棉被遭到一記重擊。

「呃啊！」

恐怕此刻的小千是正眼瞧也不瞧我。

「你們明天要去泡溫泉？哇，真好，好羨慕喔！」

「對啊！難得天氣轉涼，不正是泡溫泉的最佳時機嗎？今天跟同學去吃飯前，特地請她們幫我挑了新的款式。姚子賢不知道這件事，我想他看了一定會高興得嚇一跳的。」

姐姐的聲音聽起來非常雀躍。冷不防地，她忽然開口問道：「對了，小千，妳要不要也一起來？」

「咦？」

「欸？」

聽見姐姐突如其來的問題，我和小千同時把各自的驚嘆疑問詞拋出口。

「人多比較熱鬧嘛，大家一起出去玩不是很好嗎？」

「可以嗎？」

「等等等等，等一下！」

不，這絕對不可以，這是一趟姐姐與我和樂融融的雙人之旅，又豈有他人進來攪和的餘地？

「我反……嗚哇！」我試圖爬起，正待義正詞嚴拒絕小千，沒想到她居然在我還沒來得及說完之前補上一腳。

她大聲地應道：「那當然好啊！」

「萬歲，這樣子又多一個伴囉！」姐姐高興地歡呼起來。

事情怎麼會變這樣？我目瞪口呆。轉瞬間，和姐姐兩人甜蜜出遊的美好未來，只因短短一句話便悉數化為慘白灰燼，簡直是在頃刻間從天堂掉落地獄。

小千稍微拉開棉被，朝說不出話的我投來一個奸笑，彷彿是在說「你別想甩掉我」般，順便還拍了拍我的腦袋，「最近開始變冷了，我很早就期待著能夠去溫泉旅行了唷。」然後露出一副萬事順其所遂的可憎模樣。

我真是徹徹底底被打敗了。

我勉強按捺住性子，「別怪我沒事先跟妳說，路怡千，我們明天要去的可是……欸，又是誰啊？」

這時樓下響起急促的門鈴聲，我煩躁不堪地甩了甩手。

「這麼晚了，是誰來拜訪啊？」姐姐納悶地說。

「我去應門。」我匆匆起身。

門鈴聲響了一陣之後便沒聲音，可是我很肯定那個人一定還留在門後。打開門後，我究竟該用什麼樣的態度應對呢？該死的，我現在可是處於火山即將爆發的狀態。

「是誰啊，三更半夜的在吵什麼，不知道大家都睡了嗎……咦？」

站在門前的是一個絕對出乎我意料的人。

「冷夜……呃不，黃之綾？」

「嗨，厄影……姚子賢，抱歉這麼晚了還來打擾，不過我已經無處可去了。」

她的神色看起來相當地疲憊。

「我可以進去嗎？」

「呃，這個……」

「喂！姚子賢，是誰啊？」

小千從我的背後探出頭來，在看見黃之綾的當下倒吸一口冷氣，表情產生了一百八十度的大轉變。

「是妳！妳來這裡做什麼？如果是要在深夜騷擾姚子賢那就不必了，請妳回去。」

「我都還沒有說明我的來意呢，可以請路同學開口不要這麼武斷嗎？」

黃之綾見招拆招，看起來完全不被小千影響，再次向我開口問道：「姚子賢，我可以進去說話嗎？」

進入深秋以後，晚上氣溫比起白天驟降許多，我看著黃之綾哆嗦著身子的模樣，於是點了點頭。小千對我的決定似乎不甚滿意，不情不願地嘟著嘴。

我們來到客廳坐下。

「小千，麻煩妳幫我們倒杯飲料。」

「我又不是你家的僕人！」

基於禮貌跟體貼，我覺得應該先讓黃之綾喝點熱茶暖暖身，雖然小千一副不太高興被使喚的樣子，怒氣沖沖地走進了廚房，但是她沒有拒絕就表示答應了。

「茶來了。」

過了不久，小千果真端著飲料回來。

放在我面前的，是散發穩定心神清香的花草茶，可是放在黃之綾面前的，卻只是一杯冷水而已。看她的樣子，搞不好還會默默地把這杯冷水喝下去，我連忙在黃之綾拿起杯子之前，不動聲色地將我們兩人的飲料調換。

「伯父伯母在嗎……是不是應該打聲招呼？」

「不，他們都出國了，要一陣子才能回來。」我回答道。

黃之綾的臉上奇妙地露出一絲慶幸的表情，不禁使人有些疑惑。不過我現下還摸不清楚她的來意，因此問道：「這麼晚了，妳來這裡有什麼事嗎？」

黃之綾慢慢啜了一口花草茶，優雅地把杯子放下，感嘆地說：「姚子賢你果然是一個紳士。」她稍稍猶豫了一下，臉上露出複雜的神情，「嗯，其實，我也是走投無路才會到這裡來，有個不情之請希望你能答應……請你讓我在你家過一夜吧。」

「什麼？」發出高聲驚呼的是坐在我身旁的小千，差點連嘴裡的茶都噴了出來，「黃之綾，妳在開什麼玩笑？一個女生三更半夜跑到陌生的男同學家裡請求留宿，這傳出去了別人會講得多難聽啊？妳是打算害慘姚子賢嗎？」

她緊緊抓著我的手腕說：「姚子賢，千萬不能答應她。」

「妳是這裡的女主人嗎？」黃之綾輕描淡寫地問道。

「妳是什麼意思？」

「這裡是妳家嗎？如果妳不是這裡的女主人，那妳有什麼權力強迫這個家真正的擁有者做決定呢？」

「這……」小千被反駁得啞口無言，「這……」

黃之綾轉頭問我：「如何？雖然這樣的請求很唐突，可是我也是毫無辦法了才會拜託你。」

「這個……」

「喂！妳少在這裡搬弄口舌。」小千忽然把聲調提高，「像妳這種最愛玩弄兩面手法的傢伙，會這麼突然跑來找姚子賢，肯定是包藏禍心吧！不管妳想對姚子賢做什麼事，都得先過我這關。」

「過妳這關？」黃之綾不甘示弱，反唇相譏：「姚子賢想留宿何人又與妳何干？什麼叫做兩面手法、包藏禍心？妳可不要無憑無據就含血噴人！」

「哼！有幾分證據我說幾分話，黃之綾，妳在同學們面前假裝一副盡心負責的模樣，誰知道轉就讓妳爸假借怪人攻擊的名義，把我們重要的社團大樓給拆掉。這種行徑不是卑劣又是什麼？」似乎是想到了體育社團和藝文社團受到的待遇，小千的口氣變得咄咄逼人。

「妳……」

「沒想到妳這次又想把主意動到姚子賢身上，我告訴妳，姚子賢這麼聰明，早就看破妳的手腳了，勸妳還是省點力氣吧。」

「妳少在姚子賢面前搬弄是非！」

啪！沒想到一直保持沉穩態度的黃之綾忽然爆發了，憤怒地一拍桌子。

「被說中痛腳就要動手是嗎？」小千一副完全不怕的模樣。

天啊，害怕氣氛會越吵越僵，我正試圖緩頰，黃之綾卻早一步開口。

「妳懂什麼？要是我真的慫恿我父親做出那些事，我現在還需要離家出走跑來借住嗎？」

「咦？」聽見這番話的我和小千都露出了深感意外的表情。

「我告訴妳，我也是不同意我父親做出那樣事情的其中一人，可是我無力改變。跟父親大吵一架之後，我才決定離家出走作為抗議。」

本來是一板一眼模樣的黃之綾，逐漸卸下了剛強的神色，一臉委屈地繼續述說道：「我實在不知道該怎麼辦了，身旁根本沒有可以依靠的朋友，本來也是希望以姚子賢的頭腦，或許能夠提供我好的建議……但是看你這副模樣，大概也不想理睬我吧，姚子賢？」

我困惑地張開了嘴，怎麼話題又轉移到我身上了呢？

「你今晚到底能不能讓我留宿？」

「欸，這個……」我為難地支吾起來。

「喂！你說話啊！你不覺得她這樣子很可憐嗎？」小千撞了撞我的手肘，一副我是個壞人的模樣。剛剛不是妳跟她吵得最凶的嗎？

我猶豫著，不知道該怎麼開口。

「怎麼吵吵鬧鬧的呢？」

突然插進來的人聲讓我們同時轉頭一看，原來是姐姐從樓上走下來了。

姐姐已經把泳裝換下，現在穿著淺綠色薄外套跟黑色瑜伽褲……我不由得生出一股感嘆，剛才跑下來應門的時候真是太匆忙了，早知道就應該多看幾眼，看來姐姐的泳裝麗姿我今晚是無福消受。

「咦，這不是黃之綾學妹嗎？」

出乎意料地，姐姐竟然認識黃之綾。

「學姐妳認得我嗎？」黃之綾驚訝地張大了嘴。

「當然啊，妳不是跟他很要好的學妹嗎？」

姐姐隨口說出一個名字，黃之綾驚喜地睜大了眼。

「原來姚子實學姐跟會長是同學啊！這麼說來，有幾次去會長班上討論事情的時候，也跟學姐打過招呼呢！」

「嘻嘻，他現在不是學生會長，已經是前會長啦！我們都三年級囉，當然要開始認真準備考試。」

姐姐一面悠悠哉哉地說出自己絕對沒有做到的事，一面走到我們面前，猶豫地看著桌上的水杯跟飲料。

我默默遞上我的杯子。

「啊，正好口渴。」姐姐高興地喝掉了水，抹一抹嘴，「對了，小綾學妹這麼晚了來我們家有什麼事啊？」

「這個……我是姚子賢的朋友，其實……我今晚來是希望可以借住一晚的。」黃之綾勉強打起精神，但還是不掩落寞地說：「可是看來他並沒有這個意思，很抱歉，打擾到你們。」

「為什麼拒絕？」姐姐放下水杯，納悶地問道：「想住一晚就留下來住呀！反正爸爸媽媽都出國去玩了，我們家又不是沒有空房間。」

「咦？真的可以嗎？」

「小實姐萬歲，我就知道妳最英明了！」

「姐姐，妳說真的嗎？」

我們三人不約而同地發出了歧異的反應。

「我才想要反問你呢，姚子賢，這個學妹不是你的朋友嗎，你怎麼好意思讓一個女孩子大半夜沒有地方睡覺？」

「可、可是……」受到姐姐的指責，我只能勉強澄清：「可是我們明天不是要去溫泉旅行嗎，連旅館都已經訂好了。這樣的話，怎麼可以放黃之綾同學一個人留在家裡？」

「唔……如果你們不方便的話那還是算了……」

「還不簡單嗎，妳也跟我們一起去就好啦！」姐姐彈了彈手指，說出了讓人意想不到的話。

「真的可以這樣嗎？」我的嘴巴張得都快要掉下來了。

「有什麼不可以的？那張溫泉券是家庭票，最多可以讓四個人一起使用耶！」姐姐一副理所當然的樣子，「就這樣決定了，今天晚上就讓小綾在我們家住下來吧！」

「欸，學姐叫我小綾嗎？」聽到姐姐自創出來的稱呼，黃之綾面帶一絲困擾地笑了一笑。

「學姐，妳真的願意相信我嗎？」

「嗯，我相信喔！」姐姐笑笑地看著黃之綾：「雖然今天工程車開進學校的事情我也有聽說一點，但是，我常常聽小綾的學長在我面前稱讚小綾，說妳是個認真負責的好孩子，所以我也相信小綾不是那種表裡不一的壞傢伙……更何況，妳還是姚子賢的朋友呢，難道我要懷疑我弟弟擇友的眼光嗎？」

「……是、是真的嗎，會長他、他真的那樣說過我？」突然之間，大滴大滴的淚水出現在黃之綾的眼眶裡。

姐姐再次十分肯定地點了點頭。

「嗚啊……」堅強的黃之綾終究還是忍不住淚水，在沙發上開始抽抽噎噎地哭了起來。

「這、這個……那個……妳不要哭嘛！」結果最感到慌張的竟然是小千。習於照顧別人的小千好像完全無法對流淚的人坐視不管的樣子，急忙坐到桌子另一端，摟著黃之綾的肩膀，好言好語地安慰著她。

「姚子賢，不要隨便把女生弄哭啊！」

姐姐一副事不關己地責難起來，讓我只能啞口無言地指著自己的鼻子。

「難道是我的問題嗎？」

真的是我的問題嗎？

「好了，妳不要動，我幫妳把頭髮吹乾喔！」

「謝謝妳，路同學。」

「不用這麼客氣，叫我小千就好。這點小事就當作是我剛才誤會妳的賠罪吧。」

「嗯……也謝謝學姐借我衣服穿。」

「沒什麼，總不能要妳穿著制服睡覺啊！對了，這件衣服不會太寬鬆吧？」

「一點也不會，很合身。」

「呼～那就好。」

「哈，小實姐是怕被說胖吧！」

「噓～別說得這麼白。欸，好了，大夥兒也該睡覺了吧？為了讓人期待的溫泉旅行，大家要養足體力。那麼我要關燈囉！」

「收到！」

啪嘰，房間裡的燈一下子便熄掉了。

眾人安穩地鑽進被窩。

……但是情況為什麼會變成這個樣子呢？我躺在棉被裡頭，不禁納悶地心想。

「呃，我說，妳們……」

「姚子賢，不要打擾我們睡覺好不好？」小千說。

「就是說呀，明天一大早就得起床呢！」黃之綾也附和。

「嗯，抱歉……欸，不是，我想問，為什麼妳們會統統擠在我的房間裡呢？」

我看看睡在左手邊的小千，又再看看右手邊的黃之綾，兩個人各自從不同的方位緊抓著我的手腕，使我動彈不得。

「當然是因為要睡覺啊！」兩人居然異口同聲。

天啊，這還真是個好答案。稍早之前，一夥人突然全都竄進我房間，一副理所當然的模樣打算在我房間睡覺。

「欸，來你家住還特意借用一個房間睡覺，那多不好意思，我隨便在你房間裡面睡一晚就可以了。」這是黃之綾的回答。

那小千呢？我們的家明明只有一窗之隔，給我回去自己的房間睡覺！

「我得提防某個女人三更半夜對你亂來，所以我也必須睡在這裡。」

「哼！剛剛妳不是才說要跟我盡釋前嫌嗎？居然還這樣防備我？」

「雖然我相信妳並沒有跟妳父親串通，但是一碼歸一碼。」小千意有所指地說。

「我不會輸給妳的。」黃之綾回答道。

真是奇怪，兩人就這樣挑起了不明就裡的競爭心。

「……那姐姐呢？」

「咦，姚子賢，你不歡迎我嗎？」

「不、不、不，這怎麼可能呢，姐姐請儘管睡下吧！」

用不著姐姐祭出那對水汪汪的可愛大眼，我也一定掛毛氈鋪紅毯，舉國歡騰地表示隆重的歡迎。

算了，雖然這些傢伙實在不可理喻，但是轉念一想，難得能夠跟姐姐一起睡覺，對我來說已經是最理想的結果啦！然而不管是小千還是黃之綾，居然都堅持要睡在我的身旁，爭執不休的結果，變成我們三人必須要打地鋪——真是不可接受。

唉，這樣也好，姐姐那樣嬌貴的軀體，我怎麼忍心叫她睡在地板上呢？

可是……

「喂！姚子賢，你轉過去幹麻？」

我才稍稍微向右一側身，立刻就被小千扯了回來。

「睡覺就應該好好睡覺，不要翻來覆去的。」

咦，奇怪，為什麼連我朝哪邊睡覺也要管？順著小千加強的力道，我只好側身面向左邊。

結果……

「欸，姚子賢，向右側睡對心臟比較好喔！」

黃之綾從後面扭著我的手臂，又把我拉往右側。

啊啊啊，好痛！

「啊！可惡，姚、姚子賢，你應該睡向左邊的吧！」小千似有不甘地說：「那個，睡左側對……啊對了，肝臟在右邊嘛，所以向左邊睡對肝臟比較好喔！」然後又把我扳了回去。

最後，禁不住她們兩人折騰的我，不得已只好維持著面向天花板的平躺姿勢，然後兩人才心滿意足地睡去。

我含著眼淚，偷偷瞄著在我床上幸福睡著大覺的姐姐。

嗚嗚，為什麼我真正想一起睡的人，卻是離我最遠的啊？但姐姐一點也感應不到我的心情，自顧自地進入甜甜的夢鄉。

「好了，再檢查一次有沒有東西忘了帶吧！」

「哈哈，小實姐，現在檢查也已經來不及了吧！」

就是說啊，都已經坐上公車了……現在這臺公車正義無反顧地駛向溫泉勝地呢。

「……姚子賢，你也太沒用了吧，難得是出遊的好天氣，居然像個懶散的老人一樣要死不活地坐在那裡。」

也不想想是誰害的？我無力地瞪了她們一眼。可惡，一整晚沒有辦法翻身的結果，害我現在渾身上下無比痠痛。

公車絲毫不體諒我的難受，輕快地行駛向偏僻的郊區。眼前的景色逐漸轉變，樓房漸漸低矮下來，間隔也慢慢拉長，到了最後變作平房、透天厝，最後是田野，緊接著又進入山區……

我們欣賞著秋日的風景，黃葉秋楓，絢麗斑斕，多采多姿，真是讓人大開眼界，可是隨即，眼前的景象驟然一換！

「哇啊！」我們同時發出驚嘆。

下了公車，我們所抵達的目的地，是一處位於山區之中、頗富盛名的溫泉風景區。

「人好多啊！」黃之綾讚嘆著。

因為是假日的緣故吧。

「好多大樓。」小千也說。

在我們眼前，與五星級飯店相比也毫不遜色的溫泉旅館，一間蓋得比一間還高。

「別光顧著看了，先找找我們下訂的溫泉旅館是哪一間吧！」

還好我始終維持理性，不然身旁的這三位女生，馬上就要被飯店設置在一樓的紀念品跟精品櫥窗給迷住了。

看著四周經過精心規劃的風景，我們沿著小溪向上探索，小溪不時冒出冉冉白煙，還有許多遊客坐在溪邊泡腳。

最後終於在接近半山腰的地方發現了我們的目標。

一路上所見的旅館，雖然有些簡直能媲美度假飯店般地豪華，卻又有些破爛得跟年久失修的危樓沒什麼兩樣，讓我們心中越看越忐忑。而當最後抵達旅館之時，看見的是一棟不怎麼華麗、半老不新的建築，給人一種鬆了口氣又有些遺憾的奇怪感覺。

我們踏進旅館，直接向櫃檯說明我們的來意，卻得到意想不到的答案。

「男湯、女湯？抱歉，我們沒有那種東西。」

「咦，妳說什麼？」女將的發言，讓我們驚訝得發出了會讓旁人側目的高聲大喊，不過大廳裡除了我們並沒有別的客人，因此不必擔心。

「可、可是我們先前還確認過你們有大眾溫泉池的呀！」姐姐出示了招待券。

女將看了之後說：「抱歉，這似乎是我們櫃檯確認時所造成的疏失。公共浴池現在正在整修，不對外開放，我們已經將各位貴賓的房間轉成ＶＩＰ房，裡面也有可以泡溫泉的浴池，請不用擔心，溫泉的成分沒有差別。」

「這不是成分的問題呀……」我們苦澀地對望一眼。

「怎麼可以這樣，那我們應該要求退費。」

「現在不能退費喔，各位請看這張招待券下面註明的：關於招待的形式，本公司保留最終決定權。」

雖然女將語氣溫和，可是其中的意思不言可喻——「你們要是敢妄想退款，一毛錢也拿不到！」

我們面面相覷，一時之間不知如何是好，姐姐閉上眼睛，深思熟慮了一陣之後……

「好，那就泡吧！」

「咦？」

「小實姐，妳說什麼？」

「學姐，妳是認真的嗎？」

姐姐總是這樣語出驚人。

「要不然怎麼辦，都大老遠跑來這裡了，看看這邊到處都很熱門的樣子，臨時要找其他飯店恐怕也不容易。更何況，付了錢還什麼都沒泡到的話，豈不是虧大了？」

「但是，姚子賢他……」

姐姐抱著胸口，一副大無畏的模樣說：「怕什麼，帶泳衣來，不就是為了這個時刻嗎？」

喔！喔！姐姐真是太令人驚訝了，真不愧是我們之中年紀最大的領導者！如此聰慧的發言，使得我們三人全都露出崇拜的神色，像看見了救星一般地仰望著她。

「那個，不好意思，本飯店的溫泉禁止穿泳衣喔。」

「咦，什麼？」我們再次大吃一驚。

「因為溫泉水中含有會損害泳衣的成分，基於種種因素所以必須禁止。」女將笑咪咪地說道。

不知是我的錯覺還是怎樣，總覺得她一副看好戲的模樣。

「這下怎麼辦？」我們再度無助地望著姐姐。

「唔……唔……嗯……」這下就連姐姐也開始猶豫了，「不管了，我們還是泡吧！」姐姐咬牙切齒地說。

「真的要嗎？」

「真的。」

聽起來怎麼有點破釜沉舟……不管了，豁出去吧！

搭乘電梯來到我們的房間，打開門之後，呈現在我們面前的是一幅宛如和風繪畫般的別緻情境。我們脫掉鞋子，踏上鋪滿榻榻米的和室空間。

「嗚哇，感覺還滿不錯嘛！」

小千說著就撲向房中央的大床，軟軟蓬蓬的純白雙人床，躺起來一定很舒服。

房間裡頭布置著豪華的擺設，家具、裝潢的用料都頗為高級，歐風、和風並具……雖然看上去有些不協調，但想到我們訂的也不是什麼一流旅館，能夠做到這樣就已經相當不錯了。

黃之綾走向室內深處，打開了通往陽臺的落地窗。

「老闆娘說的大概就是這個了。」她朝外面比了一比。

本應作為陽臺的空間比一般陽臺大上許多，這當然是因為旅館把陽臺改建成了露天浴池，更具巧思地化作布滿禪意的日式山水，除了岩石跟矮松樹以外，浴池上方設置的並不是金屬製的水龍頭，而是日式庭院裡常見的一種叫做「添水」的竹筒器具。

啪喇～按下一旁的按鈕，浴池內的注水孔立刻沖出強烈的水流，那聲音聽起來真是令人心曠神怡。溫泉特有的硫磺氣味、徐徐冒出來的白煙，再過不久就可以享受到貨真價實的溫泉了。

看來她們對於眼前這幅光景都十分滿意。

那麼接下來……似乎該是時候處理最大的問題了。

三人的視線一致地轉了過來。

我早就心裡有數，我就是那最大的問題。

「這樣可以嗎？」

「要不要再綁緊一點？」

「呃，我的腦袋快要裂開了。」

「不行啦，妳這樣子胡來是要把他勒死嗎？」

「但要是它滑下來怎麼辦？」

小千和黃之綾七嘴八舌，在我身旁嘰嘰喳喳地不斷交換意見，可是看起來完全沒有共識……喔不對，這裡不能用「看起來」，因為現在的我根本看不到。

我搔搔蒙在眼睛上的黑布，這原本應該是一條和服腰帶吧。可惡，我現在被它綁得頭痛欲裂。

大概是看見我伸手去調整黑布，小千發出驚慌失措的聲音：「看啊，姚子賢那個變態，他果然想偷看我們！」

「色狼，不准再碰那條帶子，我們現在可是沒穿衣服的呀！」黃之綾也大喊。

豈只是妳們，現在連我也沒穿衣服呀！正因為如此，我才保持跪坐的姿勢動都不敢動，一定要摸著放在我大腿上的浴巾才能安心。

「好了好了，妳們不要再欺負姚子賢了。」

還是姐姐知道要替我說話。

……話說為什麼會變成這個樣子呢？就在幾分鐘以前，我們為了如何能讓所有人都盡情地泡到溫泉而展開了一場會議。

我直截了當地表示，可以讓在場的三位女士先泡個過癮，再換我進去浴池——會這麼說是因為，我的目的本來就是陪姐姐出來玩，倒是沒有非泡溫泉不可。

然而大出我意料的是，她們居然馬上否決我的意見。

「我覺得這樣太委屈姚子賢了。」

「妳說得對，一個人孤零零地泡著溫泉，多麼可憐呀！」

「既然大家都一起出來玩了，那當然要一起泡湯呀！」

我目瞪口呆地看著她們。

「呃，雖然很感謝妳們的好意，但是妳們知道一群男女共同泡澡延伸出來的問題有多嚴重嗎？」

「這跟泡澡又不一樣。」

「就是說嘛，泡露天溫泉就是要享受氣氛，聽聽水聲，看看風景……」

「也就是說，如果看不到的話，就不會有問題了吧？」

說完這話後，小千和黃之綾心有靈犀地互望一眼，而我卻只能呆愣地望著她們……這大概是我第一次發現女人臉上露出的表情居然可以如此狡詐吧！

她們拿櫥櫃裡頭找到的和服腰帶，把我的眼睛蒙得結結實實，再把我剝個精光，然後就變成了現在這副模樣。

「水放滿囉，我們可以進去泡溫泉了。」

不知道是誰發出了這聲歡呼。

「……」

「咦，妳們人呢？說說話吧！」我倉皇地左右擺著頭，突如其來的安靜使我不知如何是好，緊接著，急促的腳步聲才帶著淅瀝瀝的水聲朝我靠近。

「天啊，我們怎麼這麼粗心，都忘記把姚子賢帶進浴池了。」原來是黃之綾，「好了，姚子賢，我們一起進去泡湯吧。」

說完我的一隻手被她牽了起來。

就在這時，耳邊又出現了小千的聲音，「哎呀，小綾妳放著那麼舒服的溫泉不泡，實在太浪費了。帶他這種事情讓我來做就可以了。來，姚子賢，把手給我吧。」

頓時我就像供人玩賞的寵物一樣被拉來拉去。

「嘖，妳還真是喜歡攪局啊。」

「彼此彼此。」

「那一人牽一邊。」

「同意。」

我怎麼感覺自己好像莫名其妙就被人瓜分掉了？

「咦，姚子賢，起來呀，你怎麼不走呢？」

「不、不必了，讓我自己來就好。」我緊張地說道，任憑她們用力拉著我的手，說什麼也不願意移動半步……開什麼玩笑，如果兩隻手都被人牽著走，大腿上放著的浴巾就會瞬間掉下來呀！

為了不得罪兩個人，我只好用雙手按住浴巾，緩緩地起身，循著她們的聲音慢慢往前進……哈啾！

「嗚哇，真的有點冷，我們趕快進去吧！」

撲通、撲通兩陣水聲，接著才換我笨拙地爬進浴池裡，即使這樣我還是不忘保護好自己的重點部位。

「怎、怎麼了？」

忽然有人在拉扯我的浴巾。

「進浴池不要裹浴巾吧？」姐姐說。

「不、不行！」我連忙大喊。

就算是姐姐，但是只有這件事情不管說什麼都絕對不可以讓步。我急急忙忙地找了位置坐下來。

呃，因為視覺完全被遮蔽的緣故，結果其他的感官好像變得更為敏銳，不知道是心情變得不安的影響，抑或是熱水讓體內的 γ-12 星人血液更加順暢地流動。

總之，我的身旁現在到底坐著誰呢？除了來自溫泉水的硫磺氣味以外，我還可以細膩地分辨出三種截然不同的氣味。不過，只有其中一種是屬於姐姐的。

跟此刻的我完全相反，她們三個現在應該相當放鬆吧？

我感覺到浴池裡面的水緩緩地流動，大概是有人悠閒地划動著腳，我想也不想就覺得這個人是小千。

「說起來……」小千先開了口，「小綾妳的皮膚還真是白呀。妳一定都沒曬到太陽吧！」

她帶著羨慕的語氣說道。

「哪裡，我雖然白了點，可是渾身上下都是贅肉，我才比較想要擁有像小千妳這種好身材呢！」

……女孩子之間，果然少不了這樣的話題。

「我怎麼比得上妳，我就只是一個又黑又皮膚粗糙的野丫頭而已。」

「不、不、不，妳那種叫做健康美，果然運動社團的成員體態就是不一樣……可以讓我摸摸看嗎？」

「哈，當然可以。只不過，我覺得這裡還有一個比我更值得羨慕的好身材存在……對吧，小實姐？」

「咦，怎麼忽然討論到我身上來了？」

「這倒是真的，我老早就注意到了，學姐的身材真的好棒啊！」

「小實姐不是也有參加女籃隊的社團活動嗎，為什麼妳的皮膚還是可以維持得這麼白皙，又這麼光滑呢？」

「欸……這個……」

「瞧瞧學姐這雙大腿，哇喔，好厲害啊，完全沒有多餘的肥肉耶。」

「欸……那個……」

「學姐，拜託妳，告訴我們怎樣才可以變得那麼大吧！」

「什、什麼呀？」

「就是小實姐妳掛在胸前的那兩個……人間凶器啊！」

兩個人讚嘆地說。

「看起來好有彈性的樣子呢，學姐妳這魔鬼般的身材，再搭上天使般的面孔，難怪會被稱為是校花。」

「妳、妳們說話也太不知害臊了吧，哎唷，這個……要我怎麼回答呢？」姐姐十分困擾，不知如何應對地說：「我說，先別討論這個了吧，再講下去，有人就要受不了啦！」

「咦，啊！姚子賢同學，對不起，都忘了你的存在。」

「咦，哈，我都忘了這個沒用的傢伙也在。」

兩個人異口同聲，真是沒良心……可是，拜她們所賜，害我又意識到自己現在正跟姐姐泡在同個浴池裡……嗚哇！姐姐的身材，實在是太想看了！

我感到熱血一古腦地往上直衝，不禁有些頭暈目眩……

「好了，我們換個話題吧，不然我怕剛才那些話對某個純情少男來說太刺激。」小千意有所指地說：「小綾……不，黃之綾同學，昨晚雖然聽妳說了，妳並不打算跟妳父親站在同一個陣營，但是妳能不能告訴我妳反對的理由？」

黃之綾似乎稍微被小千的嚴肅語調嚇了一跳。

「欸，為什麼是現在？」

「父女之間血濃於水，更何況大家都盛傳鎮長做這件事是為了妳，如果沒有特殊理由，妳為什麼要反對妳的父親？」

「……唉，這件事說來話長，如果妳真的想聽，那我就把事情的真相一五一十地告訴妳。」

黃之綾下定決心地說著。接下來，她把與我一起在校長室外面聽到的祕密對話，一字不漏地說了出來，只不過沒有提到我的存在。

「怎麼會這樣？」姐姐不可思議地喊道，「居然想在學生會長選舉裡頭做票，這種過分的事情校長竟然還會答應？」

「而且，沒想到在拆除計畫的背後竟然還有這種盤算，官商勾結，實在是太可惡！」小千的聲音則是怒氣沖沖，「這群大人，究竟想把學生們當作什麼？」

「沒錯，我父親的行為，根本只把我們這些學生的權益當成利益輸送的籌碼玩弄。不僅如此，萬一他的計畫成真，將嚴重破壞掉前會長努力建設的一切風氣跟制度，也等於是將所有學生的尊嚴都踐踏在腳底下，無論如何，我絕對無法接受。」

小千沉默了片刻。

「我明白了，小綾，過去對妳說了很多帶刺的話，我在這裡向妳道歉。妳是一個真心在為同學做事的副會長。」

「沒有關係，我一點也不放在心上。」

「這怎麼行？這可是攸關妳的名譽啊！」小千拍拍胸脯說：「為了表示我的歉意，其他社團那裡我會替妳的人格做擔保，相信很快就可以消除大家的疑慮。同學們現在只是因為突來的變故而感到驚慌，並不是真的看不清楚事情真相。」

「是啊，小綾，畢竟妳過去為學校做了那麼多事，大家一定都還記得。」

「謝謝妳們，學姐、小千。」

「幹嘛這麼客氣，大家都是為了學校著想。可是話又說回來，即使這樣還是改變不了事實，激起同學們反彈的拆除計畫依舊存在啊！」

「何況，妳也不可能就這樣一輩子不回家吧？」姐姐也跟著附和。

「確實，我沒辦法永遠這樣逃避下去。」黃之綾略微沉吟，「可是現在的我也不知道究竟該如何是好，遲遲下不定主意，感覺好迷惘，唉……」

「好啦，不要苦惱了啦，小綾，如果妳認為妳是正確的，那麼不管別人怎麼想，妳都應該要堅持到最後！」

「咦？」黃之綾疑惑地問道：「學姐是什麼意思？」

「這個、那個……哎呀！我要怎麼解釋呢？嗚哇，小千，妳快點救救我啦！」

「小實姐，妳怎麼又把爛攤子丟到我身上來……唉，好吧！小實姐希望我說的應該是這個吧……小綾，妳知道我在進入高中之前不會打籃球嗎？」

「這怎麼可能？妳可是本校最出名的女籃隊隊長耶，我以為妳一定從小到大都是體育健將。」黃之綾驚訝地說。

「完全不是，我進了高中才開始接觸球類運動。剛入女籃的時候，每天都好辛苦，可是為了不被淘汰，我咬牙不停訓練自己，每天投一百顆球，直到最後終於被認可為正式隊員，甚至當上了隊長，這些都是我當初從未想到過的。」

「妳真的好厲害呀！妳到底是怎麼辦到的呢？」

「哈哈！這也沒什麼啦。一開始我有好幾次想放棄，可是，當想到那些因為進了女籃隊才結交的好朋友、好夥伴，說什麼也捨不得她們，所以我沒有放棄，堅持著跟大家一起拚到最後。我想，如果不是基於對自己所追求事物的熱愛，是絕對不可能產生這種動力的。」

「哇啊小千妳好厲害，好會說話呀！」

「這沒什麼啦嘿嘿，小實姐妳太捧我了！」小千嘻嘻笑著，又說：「所以啦，小綾不也十分熱衷於學生會的事情嗎？為了妳所愛的學校跟堅持的理想，妳也一定能夠激發出這種力量！」

「……是的，我當然可以。」

「小綾一定沒有問題。」

「我也相信妳沒有問題。咦，對了，是說為什麼我們這樣討論了老半天，某個人一直都沒有發表意見呀？」小千忽然問道。

「喂！姚子賢，你怎麼一直悶不吭聲，難道你都沒有想法嗎？你到底……喂！」

「呀，姚子賢，你怎麼在流鼻血？天啊，你是泡太久泡昏頭了嗎？」

急切的呼喚聲頻頻傳來，可是此刻的我已經沒有力氣思考，只覺得身體好熱、好熱，腦袋好暈。淅瀝嘩啦的水聲由遠及近，像是有人穿過池水向我靠過來。

我終於支持不住，身體往前一癱，在沉入水裡之前，感覺到自己似乎趴到了某個軟綿綿的身體上面，就此失去意識。

嗯？眼前的視界從黑暗逐漸變得光明，漸漸地我稍微能夠意識到自己的存在。光線透過薄薄的眼瞼透映在眼珠子上，有些黑紅夾雜，讓人說不出來的奇妙顏色。

身體暖洋洋的，我的後腦勺枕在一個軟綿綿的事物上，躺起來相當舒服。

「啊……」我忍不住愉悅地嘆了口氣。

「醒來了嗎？」

「哎，咦？」我驚訝地睜開眼睛，「姐姐？對不起，我立刻起來。」

「不要這麼慌張啦，傻瓜。你的身體還不知道恢復了沒，再多休息一下吧。」

姐姐把急忙要起身的我再次按了回去。

彷彿做夢似地，我現在居然正枕在姐姐的大腿上。

換上了日式浴衣的姐姐，身體還冒著熱騰騰的蒸氣，依舊濕潤的頭髮恣意地垂下，看起來彷彿置身於圖畫中晶瑩剔透的夢幻美女。而透過一側臉頰傳來的，是彷彿絹豆腐般柔嫩的觸感，啊啊！這就是姐姐大腿的肌膚，光滑、柔軟、又有彈性，而且還飄著一股香香的氣味！

「怎麼樣，有沒有覺得舒服一點？」

「嗯嗯～有。」

實在是舒服到不能再舒服了，一想到這是姐姐的膝枕……

「剛剛我們談到小綾終於下定決心，結果你就昏了過去，等你休息夠了，能不能幫她想想辦法？」

「唔……」

「怎麼了，姚子賢，看到小綾這麼苦惱的樣子，你不願意幫忙嗎？」

「不是我不願意，而是，我不知道自己能夠幫上什麼忙。更何況，我覺得黃之綾可以自己處理吧？」

「不可以有這種想法喔。」姐姐伸出指頭戳我的臉頰，「你是不是又嫌麻煩了？」

「……我沒有。」

「還說沒有，每次你一開始覺得麻煩，就會下意識地做出逃避的動作，就像現在一樣喔。」

就像姐姐說的，就在連我也沒有察覺到的時候，自己竟然已經轉了個身，撒嬌似地不斷地把腦袋靠向姐姐。

姐姐嘆了口氣。

「姚子賢，你還記得我之前告訴你的話嗎？」

「唉……」我窩在姐姐的腿上咕噥，「我怎麼可能忘記？」

難得平常總是嘻笑活潑的姐姐，會用這種感性的語氣說話。

「姚子賢，讓女生哭泣的男人，是最差勁的男人。」

「我絕對不會讓姐姐哭的。」

「我當然知道，這只是比喻。為什麼你不想幫助小綾呢？姚子賢，以你這麼聰明的頭腦，我相信你一定能夠想出兩全其美的辦法幫助她度過難關吧！」

「不是我不想幫助她，只是……只是……」我想了想，說：「我覺得黃之綾是一個非常獨立自主的人，而且身邊也不只我一個朋友，就算沒有我，一定還有其他人可以幫助她吧。」

「這樣不行喔，姚子賢，你的行為只不過是在逃避。雖然小綾沒有說出口，可是我相信她也希望你能伸出援手！你難道感受不到嗎？」

我困惑地眨了眨眼。確實，說是感受到了也沒錯，然而，我能夠理解的卻只有她未在言語中顯露出來的需要。我在想，或許是深受體內那一絲γ-12星血液的影響，人類的情感有時候會讓我感到很陌生。我雖然能夠明白別人的想法，可是我的心卻不會同時告訴我該怎麼做。

這時候，我又不得不敬佩姐姐的偉大，雖然流著同樣的血液，姐姐彷彿從來不會為這些事情迷惑。

「那好吧，我會聽姐姐的話幫忙她的。」

如果應允的話，姐姐就可以安心了吧？我試著提出這樣的答案。

「你不可以這麼沒有誠意，姚子賢。」沒想到姐姐搖了搖頭。

「難、難道這樣不好嗎？」

「不應該是有人強迫你才去做。這不是你心中真正的想法吧？」完全看穿我的姐姐問道：「你內心裡的答案又是什麼呢？」

「我不知道……」經過一番掙扎，我困擾地閉上眼睛，「姐姐要我怎麼樣我就怎麼樣吧。」

「姐姐希望你是出自真心地幫助朋友喲，姚子賢，問問看你心裡真正的想法吧！」

「但是……但是……我真的不明白啊！」我囁嚅著說：「我一直以來就只想著姐姐的事。」

「嘻嘻，姚子賢，你這張嘴真是……謝謝你啦！」姐姐嘻嘻笑了一下，接著又正色說道：「不過，姚子賢，我要告訴你的是，你應該運用同理心跟感受來決定如何與別人相處，因為你的世界並不只是圍繞著我打轉。你應該更加關心周圍的人事物，你的身旁還有許許多多的人。」

「可是不管怎麼說，還是姐姐最重要吧！」

「是一樣重要！」姐姐糾正我：「那些在你身旁關心你的人，你的同學、你的朋友，如果他們遇到困難、需要幫助的時候，你是不是該替他們分憂解勞？」

「我的世界就算只繞著姐姐打轉也無所謂，我寧願一輩子待在姐姐身旁，永遠也不要分開。」

姐姐所說的話讓我不知為何激動了起來，結果竟然脫口而出了有些孩子氣的話。

姐姐伸出手來，溫柔地撫摸我的頭。

「別說這些傻話了，姚子賢，雖然你說這些話我很高興，可是我們總有一天會長大，然後離開家，各自展開自己的生活吧！」

咦，我不要這個樣子。

「我不要跟姐姐分開……」

「這沒有什麼不好唷，姚子賢。到時候，你的身旁會出現更多不一樣的人、更遼闊的世界、更有趣的朋友，還有最值得你珍惜並且也最珍惜你的人。你必須學會拓展你的視野，更加地關懷別人。而且你並不是做不到喔！」

「……這是姐姐妳的要求嗎？」

「不，不是這樣的。」姐姐否定說：「這是為了你自己。姚子賢，你該更有自己的想法才是。你難道不曾想過，希望自己成為什麼樣的人嗎？」

「成為……什麼樣的人？」

我的心情頓時變得十分迷惘。

一直以來，我相信我的生命是為了姐姐而存在，此刻姐姐的話語對我而言有如當頭棒喝。

「姐姐希望你成為你自己，因為，你就是你啊，姚子賢！去試試看吧，去試著感受讓別人也需要你的經驗吧！」

我抬起頭來，卻看見姐姐對我比了個大拇指。

「這可是被無數人需要的小鎮英雄的寶貴建言唷！」

「是、是這樣的嗎？」

我陷入了震驚而無法思考。

這時房間的門忽然被打開。

「哈，看不出來小綾妳的桌球打得還不錯嘛！」

「彼此彼此，妳也不差啊！喔對了，姚子賢醒來了嗎？學姐，我們帶了冰淇淋回來唷！嗚哇！」

剛回來的兩人同時發出了尖叫。

「好卑鄙喔姚子賢，居然在學姐／小實姐的腿上靠膝枕！」

面對衝過來的兩人，我連忙爬了起來。

不行，姐姐的膝枕誰也別想搶！

「欸，小千，這個好厲害喔，妳快過來看看！」

「哪裡呀，小實姐，哎呀，妳跑太快了，等等我嘛～」

夕落半山，可是在人來人往的觀光大街上，看不出人潮有稍減的跡象，明明再過幾個小時就要迎接週末的結束，人群卻彷彿不知疲憊似地繼續湧進街頭。

我和黃之綾優哉游哉地在街上散步，而姐姐與小千則早就不知道被哪座櫥窗吸引住了，在前頭跑得老遠，幾乎看不見人。

「姚子賢，今天你玩得還愉快嗎？」

「咦，妳在問我嗎？我覺得很好玩啊！」

「那就好，因為你在浴池裡暈過去了，我怕你會留下不好的回憶。嗯……我也覺得今天這趟很有收穫，不管是身體還是精神上，都得到了很大的放鬆。」

我看著微微低下頭來的黃之綾。她繼續說道：「多虧了學姐和小千，我現在變得比較不迷惑了……一想到身旁還有支持著我的朋友，就覺得什麼樣的難關都能鼓起勇氣面對。所以說，接下來的挑戰，你是否能……呃，算了，我自己一定要克服。」

「……我也會幫妳的。」

聽了我說的話，黃之綾訝異地抬起頭。

「不管是父親、學校，還是黑暗星雲，接踵而來的麻煩事應該都讓妳很困擾吧，但是我會

——陪妳想辦法的。」

「姚子賢，你……」

「稍早之前，姐姐對我說，希望我能更加關心周遭的朋友們，努力做我自己。雖然我還不是很明白自己該做什麼，可是，我想從我的身旁開始做起。冷夜，如果妳需要我，就盡量找我幫忙吧！」

「姚子賢……」

此刻，黃之綾流露出我從未見過的神情，她非常感動地望著我。

「我真的……可以這麼麻煩你嗎？」她不安地問道。

我毫不猶豫地點了點頭。

「太、太好了。」黃之綾安心地說，「謝謝……謝謝你。」

突然之間，我才感受到她真正散發出一股「放鬆下來了」的情緒。

「學姐她真的很有智慧呢！」

「嗯，是啊，姐姐是很厲害的。」

「沒想到她只用短短幾句話，就讓我們獲益良多，真是了不起！」

「姐姐還有更加了不起的優點，就在我們看不見的地方。我們受到她保護之處其實不只如此呢！」

我們居住的小鎮能夠如此和平、不被怪人征服，當然全得歸功於繁星騎警，所以我說的話也不算錯。只不過，對於同時兼具黑暗星雲幹部「冷夜元帥」這個身分的黃之綾而言，也許「受到保護」算是有些矛盾的說法吧！

不過黃之綾當然聽不懂我在說些什麼，撓撓頭看著我。

我微微一笑，不再多做解釋。

我們繼續往前走，在人群中時不時地傳出姐姐高分貝的讚嘆聲，呵！還真是有活力。

「不過這樣的學姐，有時候還是表現得像個小孩子一樣，好讓人意外呀！」黃之綾輕輕掩嘴。

「嗯，是呀！不過，我覺得意外的反倒是另一件事。」

「咦，是什麼？」黃之綾面露詫異地轉過頭來問我。

「我從來沒想到妳居然會露出這樣的表情。」我看著一頭霧水的黃之綾，微微揚起嘴角，「冷夜元帥，原來妳也是會笑的。」

我露出一個友善的表情，試著做到姐姐所告訴我的，以同理心來與人交往。這是否就是最正確的答案？

「唔唔～」

咦，怎麼回事，出乎意料地，黃之綾的臉忽然漲紅了起來。

「你這個笨蛋！」

她破口大罵，說完我的手臂就被用力地打了一下。

黃之綾生著氣，頭也不回地跑開了。

「我又做錯了什麼嗎？」

我啞口無言地看著她遠去的背影，摸著自己挨打的地方，錯愕地感受那火辣辣的疼痛。

PRODUCTION

姐姐是地球英雄，弟弟我是侵略者幹部

06

一純高中保衛戰

「是嗎，黃之綾已經回家了呀？」

我接通手機，電話那頭傳來小千的報訊。

「是啊，她說不好意思叨擾你太久，下午剛剛回去，託我轉告你，要你不必擔心……哎，雖然她這麼說，可是我不知道她回家後會不會跟她爸爸又起衝突。」

「妳放心吧，如果我這裡順利的話，我想事情應該可以很快解決。」

「是喔，既然姚子賢你這麼說，那肯定有什麼妙計吧，不過你現在人在哪裡呀，在做什麼？」

「這個……沒什麼，出門辦一點事，我很快就會回家了。」

為了不讓小千深入探問，我匆匆結束通話。

我抬起頭來，仔細觀察所在的環境。

眼前的街景平淡無奇，隨風飄揚的紙屑、抑鬱暗灰的水泥牆樓房，看起來就像一純鎮內隨處可見的光景。

從距離此處最近的公車站牌走過來至少要花十幾分鐘，荒涼偏僻，沒有任何人會多加留意，可是這也正是我的目標所在之地。

我的計畫很簡單。

既然由冠獼猴主導的改建計畫最終將導致黃之綾——也就是冷夜——夾在學校與家庭之間，那麼不需停止這次作戰行動，只要改變目標，或許就可以解除校舍面臨拆除的危機。

話雖如此，令人疑惑的是，黑暗星雲總部的通訊設備無法聯絡上這些怪人，這是幾十次侵略作戰以來從未發生過的事情。因此，我只好親自前來對冠獮猴下達指令。

我猶豫地打量年久失修、鏽跡斑斑的鐵門，不知道該不該打開，感覺這裡就是一棟鬧鬼的公寓，隨時都可能有貞子還是什麼蟄伏的妖怪撲面而來。

我看看手機，再次確認自身所在的位置。

從黑暗星雲粉絲頁上得來的訊息應該不會有錯，在我眼前的這棟建築，就是黑星企業公司，也是冠獮猴等怪人藏匿的位置。

我開了門，沿著滿是灰塵的樓梯向上走。樓梯間一片昏暗，只能靠著從氣窗射進來的陽光照明腳步，如果是正常人，應該早就在這邊摔倒個一百次了吧！我一路跌跌撞撞爬上最高樓層。

門邊掛著的褪色木牌上寫著「黑星企業」四個大字，紅漆斑駁的鐵門與樓下一樣老舊。

「所以說，事情辦得怎麼樣了？」

咦，牆壁後方怎麼傳來了我從未聽過的女人聲音？

看來這裡的隔音十分不完善。

我陡然僵住了動作，對冠獮猴的狐疑又更加激起了我的好奇心。我決定繼續聽下去。

「非常成功。」我認得這蒼老沙啞的嗓音屬於冠獮猴，「黑暗星雲裡盡是一些酒囊飯袋，對我們完全不疑有他，一純鎮長也成功被我們攏絡，只可惜，上次的出擊折損了巫術貓，繁星騎警的實力仍然超出我們的預估。」

「無妨，繼續維持下去，設法讓黑暗星雲的成員對你們更加信任，接下來……」

甚音

女子的聲音越說越細不可聞。為了聽得更清楚，我站在門前移動身體，在重心偏移的同時，腳下的老舊木頭地板竟發出了悲鳴。

嘎咿——

「是誰？」

女子警覺的聲音響起，隨即歸於沉寂。

我的存在已被發現了，只好站定身子，正大光明地敲門。

「冠獮猴，是我，厄影參謀。」

我努力維持鎮定，企圖不讓裡面的人察覺我內心的震驚。

過了不久，鐵門霍然而開，出現在門口的怪人高大得只能讓我看見胸膛。我穿過門框，抬頭一看，這名虎背熊腰的怪人，全身包裹著甲冑般的外殼，看上去防禦力十分強大，從高處俯瞰下來的小小腦袋上的小小眼睛露出不善的凶光。

我立即想起來了，他就是負責執行戰鬥與保鑣任務的帝王蟹。

「嗯咳，讓開。」但無論如何，我都是他的上司，所有隸屬於黑暗星雲的侵略怪人都被植入絕對不得反抗幹部的基因，以防止他們暴走時發生反噬，「帝王蟹，我來視察你們的進度。」

然而面對我的命令，帝王蟹居然做出一個違反常理的舉動——他遲疑了。被設計成對長官命令必定言聽計從的怪人，竟然會發生無視指令的現象。

「帝王蟹，讓他進來吧。」

背後，是冠獼猴蒼老的聲音，帝王蟹這才慢吞吞地讓開了道。

我懷疑地皺起眉。

「參謀大人請勿見怪，帝王蟹反應比較遲鈍，您下的命令他需要一陣子才能反應過來。」

坐在椅子上的冠獼猴嘿嘿陪笑著。

冠獼猴說的肯定是謊話。

現在無暇追究這個了，我迅速掃視環境一周，究竟剛剛說話的那名女子在哪裡？

令我驚訝的是，這房間陳設簡樸得匪夷所思。四面牆上貼著最廉價的白色壁紙，而除了正中央的一組桌椅以外，完全沒有其他擺設，既沒有櫥櫃藝品，也沒有門戶通往其他房間。天花板上的日光燈管亮度微弱，面向日落方位的白色木窗透進一抹夕照，房間裡昏暗不清。

整個房間空空如也，只有坐在椅子上的冠獼猴與顧門的帝王蟹。

「這裡沒有別人嗎？」

「參謀大人在說什麼呢，這裡只有我們三人而已。」

冠獼猴竟然給我裝傻！我假意漫不經心地繞了房間一圈，不過，周圍沒有任何異狀，甚至連那扇打開的窗戶，也只是很普通地送進光線與微風。

哪裡都藏不了人。

我斜眼一睨冠獼猴，只見他老神在在地捋著鬍鬚。

「冠獼猴，我有事情要問你。」

我直截了當地走到他面前。冠獮猴坐在椅子上，不卑不亢地抬頭看我。

「怪人的行動準則不是訂得很清楚嗎，絕對不允許對醫院、學校或社福機構發起攻擊。為什麼你要指派巫術貓對一純高中發動侵略？」

「呀，竟然會有這種事，這一定是個誤會。」

這隻猴子居然給我裝傻！

「不過，參謀大人，我們的作戰應該已經得到幹部會議的許可了吧。」

「你們的行動違反了組織的原則，侵略雖然是侵略，可還是要顧及人道範疇。」我堅定地說，「在你們造成不可收拾的傷亡之前，我要求你立刻停止這次的作戰，另外選定侵略目標。」

「這個嘛……」冠獮猴為難地沉吟，接著說出讓我意想不到的話，「將在外，君命有所不受，這次的作戰無論如何是不可能中止的。」

「冠獮猴，你敢無視組織幹部的指令？」

「參謀大人，我們的行動早已經過幹部會議的充分授權，就算是你親自前來下令，也無權指揮我們的行動。我想，不管你有任何理由，為了黑暗星雲的大業著想，應該犧牲小我配合全體。眼看侵略計畫成功在即，我們沒有理由在這時候停止。」

我正要發話，冠獮猴卻揮一揮手：「我們不必再討論這件事情，談了這麼久，參謀大人想必也累了，趕快回家休息去吧。」

「等等，我話還沒說完……」

「帝王蟹，送客！」

我隨即感到背後被一股陰影籠罩，我仰起頭，驚訝得說不出話的瞬間，一隻手臂被帝王蟹用鉗子抓住，整個人被高高舉起。

「如果你還是這麼不識大體的話，就只好讓你稍微得到一點教訓。」冠獼猴說道。

喀啦！臂膀傳來一股劇痛，痛得眼淚都快掉下來了。帝王蟹的鉗足狠狠地使足了力。

「怎麼啦，參謀大人，男兒有淚不輕彈啊，還是這是你因為得知手下怪人的威力而流下的喜悅之淚呢？」冠獼猴坐在那裡得意洋洋地大說風涼話：「帝王蟹只要使三分力就能輕易地讓一個男人骨折，親身體驗才能知道他的厲害喔。」

此時的我漲紅著臉、懸在空中不斷顫抖，在他們眼中看來，一定是痛得連話都說不出來了吧？

然而下一秒，我仍自由的那隻手搭上了帝王蟹的鉗足。

帝王蟹摸不著頭腦地看著我。

「咦咦？」陡然間，他發出了驚訝的呼聲。

很好，我猛然使勁。

喀嚓！我聽見一聲令人滿意的聲響。我強行扳開帝王蟹的鉗足，他們兩人大吃一驚。

箝制一鬆，我整個人便落了下來。

我轉過身來，迅速地用剛才被帝王蟹抓住的手狠狠地搥了一下他的胸膛，砰！帝王蟹唧蹌地退了好幾步。

我盡力維持著臉上滿不在乎的神色：「嗯，確實有兩下子，但是記住，這樣就想扳倒幹部，你還沒有資格。」

帝王蟹急忙和冠獮猴交換了一個眼神，轉瞬之間，殺氣瀰漫。

「冠獮猴，既然你這麼堅持，我就不再勉強，計畫繼續進行。但是，不要忘記，我會一直觀察你。」

我冷冷地說完，趕在冠獮猴還沒來得及做出任何反應之前，徑直離開房間。兩名怪人忌憚地看著我，沒有出手攔阻。

我一步一步走下樓梯，臉色蒼白又冒著冷汗。

好不容易催動了 γ-12 星的血液，讓我得以在千鈞一髮之際使出超乎地球人數倍的力量，死裡逃生，可是，這份血統畢竟不是萬能。

右手臂傳來有如萬蟻囓咬般的劇痛，恐怕早就已經粉碎性骨折了。

可惡，好痛啊！

我幾乎是跌跌撞撞地滾下樓梯，拚命地用沒有受傷的那一側肩膀撞開了門。

「學長？你怎麼弄成這副樣子！發生什麼事了？」

一輛拉風無比的重型機車停在我面前，機車上的幻象隊長詫異地看著我。幸好早有安排幻象隊長前來接應。

「快點……帶我去醫院。」我咬著牙，強忍著痛楚坐上後座。

意識到事態緊急，幻象隊長也不再多問，大力催動油門。

雖然我對於乘坐幻象隊長的機車這件事有著不太好的記憶，然而現在不是計較這麼多的時候了。再不趕緊治療，我恐怕就要昏過去了。

「學長，你的傷有沒有好一點？今天的打工，我幫你請好病假了。」電話的那頭，幻象隊長的聲音聽起來特別地關切。

「嗯，好多了，不過還要靜養幾日吧。」

「要多保重身體啊！」

此刻的我正坐在自己的床上，一緊一鬆地伸屈著手臂，雖然感覺還是有一點麻麻的，但是只要不要太劇烈，做一些簡單的伸展運動倒是沒有什麼問題。這都是手臂骨骼和肌肉開始復原的證據，要不是γ-12星人血統所帶來的超強恢復力，這處被帝王蟹弄出來的傷害，普通人至少要靜養十天半個月吧。

「謝謝你的關心。不過現在想起來可真驚險，要是你沒有及時趕到，我還真不知道會變成什麼樣子呢。」

「三八啦！小事一件，無足掛齒。倒是學長，你怎麼會搞成那個樣子呢？」

「……這件事說來話長。」

我把今天遭遇的事情扼要地講給幻象隊長聽，沒想到他聽完，立刻震驚萬分地大喊起來：

「什麼？你說黑暗星雲之中有內鬼？」

「噓！你小聲一點，這件事可千萬不能讓別人聽到。」

我連忙制止幻象隊長沒頭沒腦地喊下去。

「小心隔牆有耳，這些祕密絕對不能洩漏。」

「是、是、是，我全都明白，學長。」

幻象隊長緊張地壓低聲音回應我。

「好了，也不必誇張到用氣音說話，總之，我已經下定決心，要幫冷夜元帥的忙。況且，如果我們不能成功找出這些傢伙的陰謀，也許黑暗星雲就會有被滲透，甚至分崩離析的危險。」

「那可不妙！學長，我們究竟該怎麼做呢？」

「接下來有幾件事必須靠你幫忙，仔細聽著，郝誠實跟你很熟嗎？」

「咦，隊長喔！熟啊，這個當然是……欸，等等，學長，你該不會是在試探我吧？不是說好大家的真實身分都是祕密嗎？」

「我沒有要刺探你的真實身分啦，哎呀，大局當前，你就不能先回答我的問題嗎？」

「好嘛，這個嘛，我跟一純高中的棒球隊隊長還算有些交情，不過你可別問我為什麼喔。」

「我不會問的。」我也沒有心思跟他勾勾纏，「你能夠聯繫他嗎？把等一下我跟你講的東西仔細地傳達給他。要讓他照做，而且不能夠起疑。」

接著我詳細地交代了幻象隊長該傳達的內容，而他也很認真地聆聽。

「我明白了，可是，為什麼突然會跟郝隊長扯上關係呢？」

「因為一純高中的改建、學生會的改選，以及黑暗星雲中的潛伏人物，這其中的關聯，事實上是一環接著一環的。」

如果想解決這些問題，就要像破解智慧環一樣，把它們一個一個地拆開。我耐心地將大致的局勢跟計畫交代給幻象隊長。

「唔～」幻象隊長以略帶疑惑的聲音開口說：「哎呀，我不是很懂捏！」

我忍不住按了按額角，到底該如何向他解釋？

「不過，只要照著學長的話做，肯定就沒錯了吧？」

「是的。」

我苦笑了一下。雖然有點失禮，但是要讓腦袋大概只有一個茶杯大的幻象隊長瞭解通盤狀況，果然還是有些困難啊。

「那我會立刻去辦的，學長你放心。」

得到了幻象隊長的保證，我總算能夠安心下來，「好的，那就麻煩你了，得到進一步的動向我會再跟你聯絡，再見。」

「拜拜！」

我掛斷手機，心中放下一塊大石。

現在至少完成了第一步，只希望接下來都能依照計畫順利發展。

雖然幻象隊長偶爾有些不可靠，卻是在黑暗星雲之中最值得信賴的人。扣除冷夜元帥、幻象隊長，其餘的人都很有可能是需要提防的內鬼。

原因就是那張來路不明的光碟片。

黑暗星雲此次的侵略計畫，極有可能根本不是我們內部成員提案的。

當初想到這種可能性的時候，就連我自己都被嚇了一大跳。

但是，除此之外，沒有更好的解釋。

冠獼猴與那名神祕女性的交談，正是這個假說最有力的證據。

如果真是這樣，那是不是代表除了黑暗星雲，還有另一股勢力覬覦一純鎮的和平呢？

不管怎樣，我都必須查證才行。

時間迫在眉睫，我望了望牆上的時鐘，當時針劃過十二點的界線，就代表著今天完全結束，嶄新的一天就要來臨了。如絲網般糾結的種種事件，也將交雜在一起發展。

在學生們的抗拒下暫時偃旗息鼓的黑星企業工人們，該不該說他們是「捲土重來」呢？總之，一定不可能沒有動作。

所以接下來，我們不能老是這樣處於被動了。

星期一早晨的天空，陽光普照，秋高氣爽，比起前幾日溫度回升了一些，卻又擺脫殘暑酷熱的威力。漫步走向校門口的這一路上，可說是舒暢得令人感到心曠神怡。

在這麼風光明媚的早晨裡，我卻有預感，今天絕對會有什麼事情發生。

但是姐姐似乎不這麼想，明媚的天氣讓她心情極好，哼著歌愉快地大步向前走。

「又是嶄新的一週，這星期也要發生很多好事情！」

我笑了一笑，雖然一早起來會嘟囔著「我不要上學」，但是完全醒過來以後還是會非常期待與同學見面的姐姐，那副模樣真的非常可愛，總之，那是外人無法窺見的一面。

我正噗嗤笑著想這些事，卻突然撞到了姐姐的後背。

「哎！怎麼回事？」

我張望著四周。

靠近學校附近的交通秩序，今天突然變得格外混亂。

平時在上學時間總是人潮絡繹不絕的校門口，比平常多了幾許肅殺的氣息，遠遠地就看見擠了好一堆人車。許多一看就知道與學生無關的成年人個個表情凝重，在這裡徘徊不去……

但是，這些人的服裝未免也太顯眼了，讓人一看便明白他們的身分。

他們是警察。

黑頭轎車、工程車……甚至連挖土機和堆高機都來了，陣仗真是龐大。學校教官帶著快要氣瘋了的表情，不斷與那些大人們溝通，只是看起來一點成效也沒有。

「我要求你們馬上離開，不要阻擾學生上學。你們已經危害到校園安全了，難道你們不知道自己帶給學生多大的驚恐嗎？」

教官跟他們爭辯得整張臉都紅了，但是那些人依舊一副完全不把他放在眼裡的態度，輕蔑地撚熄了香煙。

「你以為我們想啊？我們也很無奈啊！上頭下達了命令，所以我們可是為了維持秩序，避免可能發生的動亂才聚集在這裡的。」

「你們這樣根本沒有避免動亂，反而是在製造混亂……唉，可惡！」教官一副無計可施的模樣。

「喂！姚子賢……」

姐姐望著校門口的情景，語氣中帶著擔憂。

「嗯，不要怕，不管發生任何事，我都會保護姐姐。」

我握住姐姐的手，信誓旦旦地保證。然而姐姐不但不領情，還伸手敲了一下我的腦袋。

「笨蛋，誰要你來保護啦？你別忘了我可是——」

「呃，姐姐，那是不可以說的啊！」

「好啦！你別當我是小孩子。」

姐姐及時會意過來，這才沒有把絕對不可以說的那件祕密說出口。

「算了啦，討厭。」

我和姐姐排在忐忑不安的眾多學生裡面，幸好一直到進入校門為止都沒有發生意外，大人雖然用不善的眼神不斷打量我們，可是終究沒有做出任何動作。

我看見很多同學在走過這一段路以後，都不自覺地喘了口氣。

「姚子賢，該放開手了吧？」

咦？啊！經姐姐這麼一說，我才猛然驚覺自己一直牽著姐姐的手，要是她沒有提醒的話，我該不會就這樣把姐姐牽回班上吧？這樣不行啊！就算再怎麼捨不得跟姐姐分開，姐姐也絕對不願意再重讀一次二年級吧！

於是我依依不捨地跟姐姐分開，朝著各自的班級走去。

雖然早就有所預料，但看見教室內稀稀落落的光景時，我還是忍不住感到訝異。

「早，教室裡的人怎麼這麼少？」

「早安啊，姚子賢。大家都跑去操場上啦！」男同學聳聳肩，用大拇指朝著外面一比，「你自己去走廊上看看就知道了。」

我依言來到教室另一側的走廊，從這裡俯瞰整座學校。以操場正中央為界，操場上現在分成兩方人馬，壁壘分明，氣氛劍拔弩張，彼此互不相讓。

一方是穿著制服、體育服或各自社服、隊服的一純高中學生們；另一方自然就是開著怪手、車具，準備要來拆除大樓的工人們。

雖然早就料想到會變成這個樣子，但冠獼猴的動作比想像中要快。

我咬牙，按在窗框上的手指用力得有些發白。

現在還來得及嗎？

就在我決定進行下一步動作的同時，注意到操場上的事態產生轉變。

「讓開，不要妨礙工程的進行！」一臉凶神惡煞模樣的警官惡聲惡氣地對著學生們大喊。

陣列在他前方的，是一批帶著堅毅決然的神色、絲毫不被威嚇所迫退的學生。不管是體格瘦弱的美術社女同學，還是高大壯碩的校隊男學生，大家同進共退，臂膀勾著臂膀，形成一堵人牆，阻擋工程車的前進。

在隊列最中央的，是被藝文類和體育類社團奉為共同領袖的郝誠實。小千也參與其中，這場抗爭活動的靈魂人物都責無旁貸地站到了最前方的位置。

「我們不會退讓！」郝誠實帶頭高喊：「反對任意拆除社團大樓，請校長出來跟我們對話！」

「校長出來對話！」後頭的學生也跟著一齊大喊。

「可惡，你們再這樣，休怪我們不客氣了喔！」

警官失去耐心地大喊，後方的怪手也威嚇般地舉起手臂。

就在此時，一名學生的身影慢慢地走向人群。

「咦，又來一個人做什麼……哎、哎呀，竟然是您？」

那名學生就是黃之綾，她沉默地踏著堅毅的步伐，一步步走向團結在一起的學生。

她來到郝誠實面前，身材高瘦的棒球隊長一句話也沒有說，兩人之間只用眼神交會，無須言語。郝誠實忽然鬆開一邊的臂膀，黃之綾便站進了人牆之間的缺口。

她的左邊是郝誠實，右邊則是小千。

「大小姐，您在幹什麼啊？您瘋了嗎？」警官哭喪著臉喊道。

「我要跟我的同學們站在一起！」黃之綾堅決地大喊，怪手在她面前停下。

「警官先生，到底要不要動手啊？」怪手上的司機探頭問道。

「還不快停手，知不知道她是誰啊？這位可是鎮長的千金啊！」警官氣急敗壞地喊道。

「校長出來對話！」「校長出來對話！」「校長出來對話！」

遠遠地，操場邊緣出現幾條人影，瞧他們西裝筆挺的模樣，絕對不是學生。是校長和鎮長一行人。

他們慢慢地朝著群聚的學生走近。

「怎、怎麼回事呀？」校長慌慌張張地說。

「校長，我們希望您能夠收回允許。我們不要拆除社團大樓！」小千代表學生們，指著那兩棟即將被拆除的大樓喊道：「社團大樓是社團活動的必要場地，更是我們學校珍貴的古蹟與資產，既然先前怪人侵略時根本沒有遭受破壞，為什麼要拆除呢？」

說完，後方的學生們熱烈地報以掌聲，一波波洪濤般的聲浪席捲了整個操場。

「校長先生，我不是請你盡早處理好這件事嗎？」

面對鎮長怒氣沖沖的質問，校長難堪地頻頻擦汗：「可是鎮長，現在、這個、學生們既然有不同的意見，我們也不該忽視呀！」

「鎮長先生……不，父親，請您再慎重考慮一下，反對拆除大樓是全體學生共同的意思，難道像您這樣的父母官不能認真聆聽我們的聲音嗎？」黃之綾也說道。

「之綾？難道連妳也反對我？」

看著女兒及學生們堅定不移的眼神，鎮長似乎也開始猶豫。

「嘿嘿，我還想說工程怎麼到現在都還沒有進展，原來是被幾隻無賴撒潑的小貓給阻撓了呀！」

就在這時，一道陰森卑鄙、讓人不禁汗毛直豎的聲音傳入眾人耳朵。

原來竟是冠獼猴親自到了現場。

「黑星企業的董事長先生？呃，就如您所見，學生們都很抗拒這次的改建計畫，我們是否該再評估看看？」鎮長說。

「嗯？不過是一些無知年輕人的意見，鎮長大人有必要放在心上嗎？」

「您說什麼，呃……」隨著冠獼猴開口，原本生出打消計畫念頭的鎮長露出迷惑的表情，接著痛苦地抱住腦袋。

「喂！你這個臭老頭，你在胡言亂語些什麼東西啊？」學生之中有人不滿地鼓譟起來。

「你們給我安靜。」冠獼猴只是淡淡地看了他們一眼，繼續用輕柔的語氣對鎮長說：「是吧，鎮長，對的事情就該堅持下去。這些只不過是一些逢事即反的小蟲，是阻礙鎮上進步的元凶，應該把他們統統驅逐。」

這下不妙了，冠獼猴是具有洗腦能力的怪人，原本捂著腦袋露出痛苦模樣的鎮長、校長等人，在冠獼猴的話語之下，面容逐漸變得呆滯。

「確實，就如你所說。」鎮長兩眼空洞無神地說道。

「好的，這些交給我來處理就行，請鎮長跟校長大人先行離開，好好休息吧！」冠獼猴狡詐地微笑道。

「鎮長？校長？」

無視學生們的呼喚，大人們邁著僵硬的腳步，一步步離開了操場。

「那麼，把這些學生統統給我趕走，膽敢妨礙工程作業的都抓起來，就算動用暴力也沒關係。」冠獼猴無情地說。

警察和工人們面面相覷。

冠獼猴惡狠狠地吼道：「還不快給我上！」

隨即，他們便露出被電到一樣的表情，猙獰地走向學生，怪手、推土機等器具也接連開動。

「你們怎麼可以這樣！」

雖然學生們驚恐不已，但仍鼓起勇氣向他們大喊。

「嘿嘿，這就是公權力啊，你們這些小鬼。」冠獼猴得意洋洋地說。

被洗腦的警察跟工人一靠近，學生們即發出恐懼的尖叫聲，掙扎著試圖抗拒，可是連那些體育社團學生的力氣，都無法和在工地裡做著粗重勞動的工人相比，至於藝文社團的同學們就更不用說了。

人牆頓時被撕裂，學生們在推擠中跌倒，有的甚至被警察毆打，場面一片混亂。

「變色龍、帝王蟹，把這些學生們給我狠狠地打一頓！」

人群中出現一條更加魁梧的身影——怪人帝王蟹！

帝王蟹的怪力可不是普通人類能夠抵擋的，要是被他的鉗子夾中，不死也得重傷。

帝王蟹愚笨的小腦袋瓜揚起粗鄙的笑容，朝著倒在地上的小千，毫不留情地揮下鉗子。

帝王蟹攻擊的速度快得嚇人，小千避無可避，這索魂奪命的一鉗就像死亡的陰影一樣完全籠罩住了小千。

匡噹！

「什麼人？」帝王蟹驚訝地大叫，他的巨鉗就像撞在一堵絕對無法穿透的厚牆上一般，陡然停了下來。

巨大的鉗子遮住了那個擋在小千身前之人的臉，但是飛揚飄舞的披風永遠也不可能有人認錯。

「繁星騎警！」學生們像是望見救星一般大聲高喊。

只用一隻手便擋下帝王蟹引以為傲攻擊的繁星騎警，從容不迫地抬起頭來，對著帝王蟹露出自信微笑。

「我來做你的對手！」

「比力氣我不會輸給任何人！」帝王蟹怒不可遏地大喊，兩支鉗子同時夾住繁星騎警雙臂，

「給我斷成兩截吧！」

繁星騎警猛然運起手臂上的肌肉，身體變得比鋼鐵還要堅硬。

「這怎麼可能？」

「滾！」繁星騎警翻身起腳，朝著帝王蟹的胸口用力一踢。

「哇呀！」

帝王蟹被強勁的力道踢飛老遠，一頭栽進工程車隊裡。

「好，現在開始解救學生——」繁星騎警話還沒有說完，忽然神色痛苦地抓向自己的脖子。

「還沒有結束呢！」一個陰惻惻的聲音響了起來。

繁星騎警掙脫了束縛，在地上打一個滾，正想喘口氣尋找敵人的蹤跡——

「嗚哇！」

她再次慘叫出來，捂著肚子踉蹌退後。

「沒用的，妳是絕對不可能抓得住我的，我是能夠任意改變身體顏色、天衣無縫地融入環境之中的怪人變色龍！」

原來怪人變色龍也出現了！

從來沒人能見到他真正的形貌，面對捕捉不到的敵人，繁星騎警又該如何是好？

「可惡，卑鄙的傢伙！」

繁星騎警左右揮拳，不斷地朝著空氣亂舞，但是露出破綻的背後又遭到狠狠猛擊。

「嗚哇！」

「哈哈哈哈，我最喜歡享受折磨敵人的樂趣了，繁星騎警，妳的慘叫聲真是悅耳。」

變色龍的聲音忽遠忽近地傳來，看來他不但具備完美隱身的本領，甚至也擁有不俗的速度。

「妳在打哪裡呀，笨蛋！」

變色龍肆無忌憚地嘲諷對手，繁星騎警一時之間竟然只能被動地處於挨打狀態。

「雖然我不像帝王蟹那樣擁有強大的力量，但是就這樣一拳一拳地打垮妳好像也不賴呢！」

「卑鄙小人，有種現身正面跟我一戰！」

「我才不要呢！」

變色龍不斷地繞到繁星騎警的背後出招，打得繁星騎警毫無招架之力。

就在她陷入苦戰之時——

「繁星騎警，快跳！」

「咦？」

忽然聽到這道高喝聲的繁星騎警，下意識地展開了動作，像隻大鳥般凌空而起。在半空中，

一只袋子直直朝著她飛來。

繁星騎警想也不想，立刻把那袋子擊破。

啪沙～白色的粉塵鋪天蓋地地撒落下來。

「繁星騎警，使用破壞星河龍捲風！」

「收到！」

繁星騎警立刻伸直手臂，把自己當作軸心站在原地不斷地旋轉，咻～呼呼呼呼～暴風激烈地呼嘯起來。

「這、這是什麼招數？」變色龍起先驚惶地大叫，接著鬆了口氣，「哈，雖然看起來很有威力，但是實際上一點用也沒有。」

確實如他所說，即使破壞星河龍捲風的聲勢驚人，但無法讓對手受傷，這個招式原本就是用來對付噴吐毒氣、毒液的怪人攻擊。

繁星騎警使出此招的用意，並不是為了傷害變色龍。

「哼！搞不清楚狀況的人是你吧，變色龍！」

繁星騎警與變色龍同時朝向聲音的來源，也就是司令臺的位置望來，臉上浮現了截然相反的神色。

「是你？」繁星騎警似乎有些喜出望外。

然後是變色龍詫異不已的聲音：「怎麼會是你？厄影參謀！」

沒錯，這時候現身給予繁星騎警建言的不是別人，正是我——厄影參謀。

「你知道剛剛繁星騎警擊落的袋子是什麼嗎？」我對著變色龍說道：「是石灰。」

就是田徑社所使用的石灰。

「那、那又怎麼樣？」

「你真是無知得可笑啊，變色龍。」我搖搖頭，「你還沒察覺到嗎，我是為何能對著你說話？」

「啊？」

這些怪人的腦袋真是遲鈍得可憐。

「就算你是能完美改變體表顏色的怪人，但終究不是透明無實體的吧？你低頭往下看一看。」

變色龍依言低下腦袋，頓時錯愕地驚叫出來，他的下半身完全被染成了一片白色。

「龍捲風的用意，就是用容易附著在身上的石灰，逼出你實體的所在。」

「原來如此，你的真身就在那邊呀！」

繁星騎警愉快地揚起拳頭，步步逼近變色龍。

「等等等等等一下～」變色龍心膽俱裂地開口求饒，「我我我我我可沒有承受得了妳一拳的防禦力呀！」

「給我飛到天際去吧！」

像是要發洩剛才被欺凌的怨氣，繁星騎警用力揮出一拳，不偏不倚，命中紅心，變色龍就此化作閃耀於天際的一顆流星。

「為什麼我從登場到最後都沒得露臉，我不依呀啊啊啊啊啊啊——」

我遠望著怪人最後的身影消失在遙遠的天際線，然後低下頭來，望著臺下的繁星騎警。

「妳沒事吧？」

「嗯……我很好。」繁星騎警有些扭捏，「謝謝你的關心。」

呼……我鬆了一口氣。看了一圈周圍，我對繁星騎警說：「這些人都是被怪人冠獮猴洗腦，如果不先打倒他，就算制伏了他們，幻術也無法解除，就像巫術貓一樣。」

「噢噢噢噢噢……」

「繁星騎警？」

「咦，什麼事？」

「沒、沒什麼，只是妳看起來有點心不在焉。」

「啊，有、有嗎？哈哈，沒有啦，沒有這回事。」繁星騎警慌慌張張地笑著，「只是，沒想到我又被你救了一次。這個，那個……這是不是就是種緣分呢？冥冥之中是不是有什麼把我們綁在一起？」

我嚇了一跳，難道姐姐察覺到我的真實身分？我連忙搖手否認：「絕、絕對沒有這回事，妳想太多了。」

繁星騎警忽然四肢著地跪了下來，表情非常沮喪。

「居、居然說絕對沒有……」

「繁星騎警，妳沒事吧？」我只好再問一次。

「……算了，也許是我表現得太急了，這樣不行，要按部就班，千萬不可以嚇到人家。」

繁星騎警深吸了一口氣，「那麼，能不能先從朋友做起？」

朋友？

不，這怎麼成呢？我們的關係可是比朋友還要親密啊！

「我、我們之間是沒辦法成為那種關係的……欸，繁星騎警？妳為什麼一副大受打擊的模樣，妳真的沒有事嗎？」

「……我真的……沒事。唉，我只是太難過了。」繁星騎警堅強地站了起來，「話說回來，要是你對我沒有那種意思，為什麼要三番兩次地幫助我呢？你明明是黑暗星雲的人呀！」

「呃……這些人是黑暗星雲的叛徒，我對付他們，是為了肅清組織中的敗類。」我連忙找了個藉口搪塞。

「原來……我只是順便……我是一隻卑微的螻蟻……」繁星騎警兩眼無神地說。

「不，妳誤會了，妳在我心中還是十分重要的。」

「真的嗎！那太好了！」繁星騎警突然眼睛一亮，不知為何變得興致高昂，「我感覺又充滿了希望……所以要先對付冠獼猴是吧？」

繁星騎警躍躍欲試，彷彿隨時都可以出擊。

這時，不遠處傳來一陣震天撼地的咆哮。

帝王蟹從被撞得一團亂的工程車堆中站了起來，氣急敗壞地推開障礙物，朝我們衝來。

「繁．星．騎．警！」

「看來要抓到冠獮猴沒那麼簡單。」我搜尋了一下四周，發現冠獮猴竟不知何時跑走了。

「不用擔心，我來解決他。」繁星騎警信心滿滿地拍拍胸膛，接著摩拳擦掌，毫無懼色地走向帝王蟹。

「空有怪力的傢伙，搞不好連腦袋裡也長滿了肌肉，像你這樣的對手我是不會放在眼裡的。」繁星騎警說：「看好了，在他的面前，我可是絕對不能出醜的。」

「喔？真的嗎？」帝王蟹歪著嘴說：「那就讓妳瞧瞧——我的超高速模式！」

說時遲那時快，帝王蟹那遲鈍龐大的身軀，居然以不可思議的高速奔馳起來。

「哇！這是怎麼一回事？」繁星騎警也被嚇了一跳。

帝王蟹的下肢在轉瞬間分成八隻腳，而他展現出來的超高速身影，則化作一圈殘影，圍繞著繁星騎警不停打轉。

繁星騎警此刻眼中所看到的，都是帝王蟹那張凶神惡煞的臉。

「哇哈哈哈哈哈～」

「你別得意……呀，看招！」

繁星騎警接連好幾次出手都撲了空。

「這速度居然連我也抓不到！」

以γ-12星人自豪的眼力也捕捉不了動向的對手，確實相當棘手。

「嘿嘿，這下妳分不清楚哪個是我的真身了吧！」

繁星騎警果然在帝王蟹分身的包圍內不敢輕舉妄動。很明顯地，她在戒備。迎戰變色龍的前車之鑑，讓繁星騎警的作戰變得更加謹慎。

帝王蟹沒有展開攻勢，兩人就這樣對峙著。

「大塊頭，乾脆就讓你跑到體力耗盡為止……只是，這又要等到什麼時候？」

繁星騎警煩惱地看了一眼圈外。她被帝王蟹多絆住一秒，受到警察與工人們攻擊的一純高中學生就多一分危險。

「繁星騎警，不要被矇騙了！」我在圈外高喊：「帝王蟹是螃蟹怪人呀，妳難道沒注意到，他是沒辦法攻擊妳的。」

「咦？」

繁星騎警愣了一下。

「你在胡說些什麼，臭小子！」

繁星騎警露出恍然大悟的表情。

「確實是這樣耶……喂！大塊頭，你有本事就正面衝著我來啊！」繁星騎警乾脆攤開雙手，露出一大堆破綻，挑釁地對著帝王蟹大喊，「怎麼樣，你辦不到嗎？」

帝王蟹果然停止了動作，「不！這樣都能被妳看破！」

「還真的咧！我都忘記了，螃蟹都是橫著走路的呀！」

繁星騎警正面撲向帝王蟹。縱然帝王蟹的身上有堅硬的甲殼，卻也被繁星騎警的怪力痛毆得變形。

「這裡交給妳了，我去找冠獼猴。」

看來帝王蟹遲早會被打敗，在分秒必爭的此刻，我趕緊跑下司令臺，往主校舍的方向跑去。

冠獼猴，你是逃不掉的！

「找到了！」

冠獼猴的腳程並不快，原型是一隻老猴子的他，只能拄著枴杖拚命走而已。

不一會兒，我就在接近校門口的走廊上發現了他的蹤影。鎮長、校長跟其他一些高官，也在他的控制之下傀儡似地往外移動。

好險，再遲一點就來不及了。

冠獼猴驚慌地回頭一望，發現了在後面窮追不捨的我。

「攔住他！」

冠獼猴揮動枴杖命令道。隨即，那群受他控制的大人們便一齊轉身撲向我撲。

他們動作笨拙，根本無法抓住我，然而，冠獼猴卻趁著這個機會逃跑。

在冠獮猴快要脫出的一剎那，幻象隊長忽然從陰影中竄出，搶先一步擋住了他的去路，並且飛出一腳，把冠獮猴踹到了地上。

「哈哈！別想跑！」

「嗚哇！」

冠獮猴連爬都爬不起來，失去了對大人的控制。我掙脫包圍，旋即趕到冠獮猴身邊，偕同幻象隊長把他牢牢制伏在地。

「放開我，厄影參謀，你也是黑暗星雲的一分子，為什麼要來破壞我的好事？」

「住口，冠獮猴，你無視侵略規則，甚至欺瞞幹部，本當論罪！最重要的是，我已經明白了你的陰謀詭計。雖然你自稱為黑暗星雲的怪人，但其實你是在為別人效命吧？」

「你別胡亂栽贓！」

我冷靜地說道：「那天我到黑星企業，聽見你和另一名神祕女性的對話，你們交談的內容顯然打算出賣黑暗星雲。」

「哪、哪有什麼神祕女性，你自己也進去看過了不是嗎？」

「這就是你說謊的地方了，冠獮猴。你那天是這樣說的吧，『這裡只有我們三人而已』。」

「難道不是嗎？」

「你以為我不知道你在運用話術嗎？這句話看似是指在場的你、我跟帝王蟹，但是這樣不合邏輯。房內的人數我一看就明白，根本不需要你向我報告。事實上，這句話裡所指的三個人根本不包括我，而是你、帝王蟹還有一個看不見的變色龍——而變色龍，就站在那位女性與我的中間。由於變色龍能完美融入環境，所以我才無法看到那位女性的存在。這麼說來，恐怕就連當初那個放在黑暗星雲總部的光碟，也是變色龍偷偷拿進去的吧？」

「你、你怎麼會看破這件事？」

冠獼猴還想掙扎，但是幻象隊長很生氣地朝著他的下巴揮了一拳。

「好哇，你這頭臭猴子，果然居心不良！」

冠獼猴挨了這一拳後就暈了過去。

冠獼猴一暈倒，作用在人們身上的幻術也就此解除，鎮長、校長跟其他人都一副大夢初醒的模樣，迷迷糊糊地爬了起來。

「這是怎麼一回事，我怎麼會在這裡？哇啊，黑星企業的董事長怎麼變成了一隻猴子？」

我走到鎮長身邊。

「一純鎮鎮長，先容在下自我介紹，我是黑暗星雲的幹部。黑星企業董事長的真實身分是怪人冠獼猴。他用幻術催眠你們，藉由操弄你們來實行邪惡陰謀。現在我把他交給你。」

我靠到鎮長身邊悄聲地說：「你跟冠獼猴之間的祕密協議，我全都曉得。我建議你，最好仔細聽聽你女兒真實的想法，不要強迫她做不喜歡的事。另外，一純高中校舍拆除案的後續，希望你能妥善處理。要是最後的結果讓我不滿意的話，我就把這個祕密公諸於世，到時候你的政治生涯就完蛋了。」

「你、你、你……好，我一定照辦。」

鎮長一咬牙，最後還是決定屈服了。

我滿意地點點頭，帶著幻象隊長離去。

PRODUCTION

姐姐是地球英雄，弟弟我是侵略者幹部

天智魔女

07

幽暗長廊上飄起了虛幻的燈火。

閃閃爍爍的青色熒火，正是黑暗星雲祕密基地裡獨一無二的照明。

我和幻象隊長的腳步都非常急促。

啪噠，打開會議室大門，迅速地閃進室內，我還來不及稍微喘口氣，幻象隊長已經忍不住開懷大笑。

「哇哈哈哈哈～真是太大快人心啦！」

「什麼事情這麼好笑？」

「啊哈哈哈哈～啊，抱歉，學姐，沒有注意到妳。」

原本就待在會議室裡頭的冷夜元帥闔上記事本，從容地自座位上站了起來。

「大致情形厄影已經告訴我了，聽說你們這次成功地肅清內部叛徒，幹得漂亮啊！」

「嘿嘿，哪裡哪裡，學姐妳太誇我們了。」

「這個……冷夜，妳怎麼會……」

「對了，你們一路上是跑來的吧，會不會口渴？我去幫你們拿杯茶。」

「不用不用！」

幻象隊長連忙搖手，「長幼有序，倒茶這種小事當然是讓我來！學長、學姐，你們坐在這裡等著就好。」然後急急忙忙地跑出去了。

我當然看得出來，冷夜元帥這手是為了支開幻象隊長，於是問道：「好了，現在可以說了……妳怎麼會在這裡？」

「我本來就是黑暗星雲的幹部啊。」

「……我不是問這個，哎！我是說，這個時間點……學校現在一團混亂吧，難道妳不需要留在那裡做些什麼嗎？在這種時候缺席，學生會長選舉怎麼辦？」

「喔，這點你大可不用擔心。」冷夜元帥泰然自若地玩著自己的秀髮，「就在剛剛，我決定退選了。」

「什麼？」我失聲叫了出來。

「不必驚訝，厄影，我不是早就說過，我並不是很熱衷那個位置嗎？我參選只是為了確保下屆學生會長之位，不會落在恣意妄為的人手上。而在這次事件中，我發覺郝誠實是一個足以信賴的好人，如果讓他當上學生會長，絕對是同學之福。」

「原來如此。」

「既然確定學生會將由一個好人帶領，那麼我對它的責任也就算交代完畢了，沒有什麼對不起前會長的地方。我退選，能讓事情簡化一些。況且，早點塵埃落定，我也就能更加專心在這個地方。」

她微微一笑。

「我慢慢發現，我還是屬於黑暗星雲多一點。」

「既然這是妳的選擇，那我也恭喜妳。」我點點頭，「對了，妳父親對妳的決定有說什麼嗎？」

「你怎麼知道？」冷夜元帥有些訝異地睜大了眼，「他的態度軟化不少，不再堅持我非得順著家族的意願從政了。」

「那太好了。」

「讓你們久等啦！」

就在這時，幻象隊長端著茶杯跑進來。

我們道了謝，接過幻象隊長端來的茶水。

稍事休息後，我才鄭重地向他們說出這次事件始末。

「你是說，怪人冠獼猴的背後，有人在下指導棋？」

冷夜元帥與幻象隊長的表情都變得十分凝重。

「沒錯，而且不確定這個人是不是針對我們黑暗星雲而來……是誰？」

我們詫異地抬頭望向紅光大作的天花板，這是基地發現入侵者的警報。

紅光閃爍一陣子後，忽然消失。這是代表入侵者被擊退了嗎？

儘管如此，我們依然高度戒備。

「哎唷，是我啦！」

一個出乎意料的人出現在門口。

我們立即發出又驚又喜的歡呼：「萬智博士！」

「嘿嘿，好久不見啊，各位，我好想念你們啊！」

許久不見的黑暗星雲首席研發主任萬智博士，張開雙臂，開心地走向我們。

「我閉關了好一陣子啊，現在終於有了最新的成果，來來來，讓你們看看，這就是我苦心孤詣研究出來，擁有慢跑、游泳……等兩棲作戰功能的最新型怪人！」

萬智博士背後浮現一道高大的身影。他得意洋洋地宣布道：「這就是怪人鷹鳩馬！喔，剛剛我說錯了，他還混合了猛禽類的ＤＮＡ，所以能適應空戰，是前所未有的三棲作戰怪人！」

我們為萬智博士的最新作品拍手喝采，雖然我看著這隻馬頭鷹身的怪人，覺得他那雙短小的翅膀應該無法承載笨重的身體順利起飛。而且鷹鳩馬渾身上下混雜了多種動物的特徵，看上去更像是頭四不像，但我實在不忍心數落這隻怪人。

鷹鳩馬愣頭愣腦地發出戰嚎，「喔喔～喔喔喔喔～如果這不是侵略，那什麼才是侵略呢？」

咦？

除了萬智博士以外的人都露出狐疑的表情，面面相覷。

「真是的，學長，這麼多年不見了，你怎麼還是只搞得出這種不三不四的破爛東西呢？」

一道突如其來的女子嗓音插入了我們。這個熟悉的聲音，我跟幻象隊長都曾經聽過。

幻象隊長高喊起來：「是那個解說冠獮猴計畫的女聲！」

「答對了，真是聰明。」

說話者是一個身材高䠷、曲線玲瓏有致、散發著魅惑風韻的女子，她從容不迫地走進房間，背後跟著一個高大的僕人。
她慢慢地拿起面具戴到臉上，說：「似乎在這裡見面都要戴一副可笑的面具呢，好吧，那我也入境隨俗。你們好啊！」
「妳竟然就這樣大搖大擺地闖入敵營，真是有膽量。不過黑暗星雲可不是讓妳說來就來，說走就走的。」
「No No No，小朋友，你的話只說對了一半。第一，我的確很有膽量；可是第二，這裡究竟算不算我的敵營，這還不一定唷！」
「什麼意思，難道妳是我們的朋友？」幻象隊長愣愣地問道。
別傻了，怎麼可能。
「正確來說，是敵是友，就看你們如何看待我了。」女子說。
「妳究竟是誰，來此的目的究竟是什麼？」冷夜元帥比幻象隊長更快恢復了冷靜。
女子哼哼冷笑，沒有回答。
萬智博士露出了不可置信的表情：「難道真的是妳嗎，學妹？」
我們驚訝地看著萬智博士，只見他臉色蒼白，不斷地喃喃自語，時而搖頭否定。
「怎麼可能，妳不是應該在美國嗎？」
「我回來了，哼哼哼！學長，你真是個無可救藥的廢柴啊！想當年研究所中最才華洋溢的你，放棄了跟我一起留在全世界最高科技殿堂的機會，口口聲聲說要回國貢獻所長。我還以為你在這邊必能有所發展，沒想到打聽之後，才發現你甚至連教職都保不住，實在太讓我失望。」

「這、這個是有原因的……」萬智博士困窘地說。

「Shut up！別跟我說這麼多理由。曾經最讓我景仰的你，如今淪落成這副窩囊樣，在這個美其名為侵略組織、實際上跟可笑的扮家家酒沒什麼兩樣的鳥巢裡面當雜工，丟不丟臉啊你？」

「喂！妳說話太過分囉，什麼叫做扮家家酒，什麼叫做雜工啊！」幻象隊長憤慨地說：「萬智博士可是堪稱黑暗星雲王牌的怪人研究專員耶！」

「做出這種垃圾的傢伙，有什麼了不起？」女子輕蔑地瞟了怪人鷹鳩馬一眼，「迦樓羅，給我折了他。」

旋即，女子背後的僕人二話不說，舉起拳頭朝著鷹鳩馬就是一拳。

砰！

眼前的景象讓我們驚訝得合不攏嘴。

一拳，只用了一拳，鷹鳩馬連慘叫的餘地都沒有，直接化作一灘肉泥。

「鷹鳩馬～」萬智博士發出不捨的哀號。

「這麼容易被我入侵的破爛組織，還跟人家談什麼侵略？你也沒有什麼待著的必要了吧，黑暗星雲乾脆就讓我作主，嗯～我看解散算了。」

「豈有此理，妳這……呃啊！」

本想撲上去教訓女子一頓的幻象隊長猛然發出慘叫，饒是我與冷夜元帥應變極快，卻也驚覺自己已經著了道。

「不准輕舉妄動，你們已經落入我的掌控之中。」相貌溫文的男子陡然出現。

此時，我的脖子被纏繞住，冷夜動彈不得，幻象更被倒吊起來。

男子語調輕柔地說：「我是棲息在黑夜深處的大蛇，摩呼羅迦。」

「妳說誰要在黑暗星雲作主？」

這時，陡然響起的蒼老聲音打斷了女子猖狂的大笑。

女子錯愕地轉頭，赫然發現一個矮小的身影站在自己身後。

「大魔王陛下？」萬智博士詫異地喊道。

「怎麼可能，你是何時出現的？」

迦樓羅立刻衝上去想要攻擊，可是……

砰！根本看不出是何手法，大魔王陛下繼續走向女子，而迦樓羅則摔倒在他背後，俯臥在地上不停抽搐。同一時間，壓制住我們的摩呼羅迦也發出痛苦的慘叫聲，我們身上的束縛一瞬間盡皆退去。

「緊那羅？乾闥婆？」

「不用叫了，他們不會回應妳的。」

大魔王陛下不緊不慢地說，來到女子身前，伸出一隻手，一道綠光從他掌心射進女子額間。

「哇啊啊啊啊！」

女子驚恐地發出了尖叫。

「不必緊張，這不會傷害妳，只是要看看妳真正的目的……哦？真是有趣，原來妳是為此而來。」

癱軟在地上的女子氣喘吁吁，一臉憤恨地瞪著大魔王陛下。

「你、你……你奪走了他，我是絕對不會善罷甘休的！」

「不必對我產生敵意，留在此處是他自己的意願，不信妳可以親自求證。」大魔王陛下開口：「妳也不必感到氣憤，年輕的女孩，經過剛才的接觸，妳應當瞭解，我不是妳能戰勝的對手。我有一個提議，妳不妨聽聽。」

「你說！」

「妳就留在我的組織裡，替我做事吧。這樣就兩全其美了。」

「什麼？」不只女子，就連我們也同時高喊出來。

「大魔王陛下，您不會是認真的吧？」冷夜元帥驚疑地說道：「留著這個人說不定會對組織產生禍害！」

「謝謝妳的直諫，冷夜元帥。不過不必擔心，妳應該知道這世上沒有任何人能夠威脅得了我。」大魔王陛下冷靜地說，接著低下頭來看著女子，「我剛剛觀察妳的內心，發現妳有許多有趣的想法，更有著強大的能力。縱然妳的才華在過去時時困擾著妳，但我認為過於優秀不該是妳的原罪，妳本應獲得更好的待遇。如何，我相信這個提議既能讓妳大展身手，也能滿足妳的需求。」

「你、你……」

女子看起來仍驚魂未定，「我們才見面不到幾分鐘，你確定你能相信我？」

大魔王陛下點點頭，「我就是能。」

「那麼……」女子凝望著大魔王陛下的雙眼，而大魔王陛下也毫不忌憚她的視線。

「你……不，我應該改口稱呼您才對，尊敬的大魔王陛下。」

女子在大魔王陛下面前屈服了。

「妳的過去對我們來說並不重要，但是自此以後，妳在黑暗星雲將會有一個嶄新的開始，歡迎妳的到來，同志。黑暗星雲一直缺乏一個規劃梳理所有侵略事務的樞紐，從今天開始，我宣布妳就是新任的侵略總執行官——天智魔女！」

在場的所有人，包括我，都對大魔王陛下的決定感到非常訝異，但是天智魔女、黑暗星雲最新一任的總執行官——這可是連功業彪炳的冷夜元帥都沒能得到的榮銜——志得意滿地披上了華麗的戰袍，大步走向臺上。

「從今天開始，我發誓為大魔王陛下奉獻所有心力與忠誠，讓黑暗星雲脫胎換骨，成為真真正正令人打從心底發寒的侵略組織，哈哈哈哈——」

聽著天智魔女暢快高昂的笑聲，我不由得汗毛直豎。

這樣一個擁有超強研發能力、智謀、膽識、野心勃勃，甚至連大魔王陛下都讚譽有加的卓絕女子，即將要接掌整個組織。

我彷彿能夠看見，這秋日後的小鎮天空，從現在開始，才要真正地被黑暗星雲籠罩……

——《姐姐是地球英雄，弟弟我是侵略者幹部02》完

四、注意事項：

★ 投稿者之作品須有完整版權，繁簡體實體書出版權及電子書版權。
★ 請勿一稿多投。
★ 投稿作品如有涉及抄襲、剽竊等情事・無條件立即終止合約並針對出版社損害於予追究。

【輕小說畫者募集中】

三日月書版徵求各種不同風格的畫者，請踴躍提供參考作品及聯絡方式，審核通過後我們將與立即與您聯絡。

一、投稿插圖檔案格式：

★ 投稿格式。
1. jpg檔案，解析度72dpi，圖片大小像素800X600。(請勿過大或者太小)
2. 來稿附件請至少具備五張彩稿及三張黑白稿或Q版圖片
3. 請投電子稿件，不收手繪原稿。
4. 請在電子郵件中以「附加檔案」的方式將作品寄送過來，切勿使用網址連結。
5. 投稿作品請使用不同構圖之作品，黑白部分請勿僅以同樣彩色構圖轉灰階投稿，來稿請以近期作品為佳，整體構圖需有完整背景與主題人物。

二、投稿信箱： **mikazuki@gobooks.com.tw**

★ 電子郵件標題：「繪圖投稿：(筆名)」。
★ 真實姓名、聯絡信箱、電話及畫者的個人基本資料，若無完整資料，恕不受理。
★ 收到投稿後，編輯會回覆一封小短信告知，如3天內未收到編輯的回覆，請再進行確認唷。
★

三日月書輕小徵稿

你喜歡輕小說，光看不過癮還想投筆振書嗎？
你自認是有才又多產的寫作高手，卻一年又一年錯過多到讓人眼花的新人大賞資訊，
找不到發揮的空間跟管道嗎?
沒關係，不用再搥胸頓足、含淚咬手巾地等到下一年

三日月書版輕小說，常態性徵稿活動即日開始囉！

【輕小說稿件募集中】

一、徵稿內容：

★ 以中文撰寫，符合輕小說定義之原創長篇輕小說。

★ 撰稿：題材與背景設定不拘，以冒險、奇幻、幻想、浪漫青春、懸疑推理等風格為主，文風以「輕鬆、有趣、創意」，避免過度「沉重、血腥、暴力、情色及悲劇走向」的描寫。主角請勿含BL相關設定，配角為耽美BL設定請視劇情需要盡量輕描淡寫帶過。

★ 字數限制：每單冊7萬字～7萬五千字(計算方式以Word工具統計字數為主，含標點符號不含空白為準。)
稿件已完成之長篇作品，請投稿至少前三冊，並附上800字左右劇情大綱及人物設定，以供參考。
未完成創作中稿件，投稿字數最少為14萬字，並附800字劇情大綱及人物簡介。

★ 投稿格式：僅收電子稿，不收列印之實體稿件。

★ 一律使用.doc(WORD格式)附加檔案方式以E-mail投遞。且不接受.txt、.rtf等格式稿件，與直接貼於信件內的投稿作品。請將檔案整理為一個word檔投稿，勿將章節分成數個檔案投稿。

二、來稿請附：

★ 真實姓名、聯絡信箱、電話及作者的個人基本資料、個人簡介、800字故事大綱、人物設定，以上皆請提供word檔，若無完整資料，恕不受理。

三、投稿信箱：mikazuki@gobooks.com.tw

★ 標題請注明投稿三日月書版輕小說、書名、作者名或作者筆名。

★ 收到投稿後，編輯會回覆一封小短信告知，如3天內未收到編輯的回覆，請再進行確認喲。

★ **審稿期為30個工作天**，若通過審稿，編輯部將以email回覆並洽談合作事宜。

高寶書版集團
gobooks.com.tw

輕世代 FW113
姐姐是地球英雄，弟弟我是侵略者幹部02
作　　者　甚　音
繪　　者　兔　姬
編　　輯　林紓平
校　　對　謝夢慈
美術編輯　陸聖欣
企　　劃　林佩蓉
排　　版　彭立瑋
出　　版　英屬維京群島商高寶國際有限公司臺灣分公司
　　　　　Global Group Holdings, Ltd.
地　　址　臺北市內湖區洲子街88號3樓
網　　址　gobooks.com.tw
電　　話　(02) 27992788
電　　郵　readers@gobooks.com.tw（讀者服務部）
　　　　　pr@gobooks.com.tw（公關諮詢部）
傳　　真　出版部　(02) 27990909　行銷部 (02) 27993088
郵政劃撥　19394552
戶　　名　英屬維京群島商高寶國際有限公司臺灣分公司
發　　行　希代多媒體書版股份有限公司/Printed in Taiwan
初版日期　2014年12月

國家圖書館出版品預行編目(CIP)資料

姐姐是地球英雄，弟弟我是侵略者幹部/ 甚音著. -- 初版.
-- 臺北市：高寶國際, 2014.12-
面；　公分. --

ISBN 978-986-361-076-2(第2冊：平裝)

857.7　　　　　103015672

三日月書版

三日月書版

GOBOOKS
& SITAK
GROUP©

GOBOOKS & SITAK GROUP ©